Ina Walter

AF190458

Konzert in Lissabon?

Roman

Inhaltsangabe:

Ein Flugzeug ist über dem Mittelmeer abgestürzt.
Grit Carras, eine junge Schweizerin, ist befreundet mit der Pianistin Ines Hellem und ihrem Verlobten, dem Dirigenten Viktor Xylander.
Grit schreibt die Geschichte dieser beiden Menschen nieder.- aus unmittelbarem Erleben, oder aus Erzählungen und Briefen von Ines.
Als der italienische Geiger Vangelisti in das Leben von Ines und Viktor tritt, wird Grit in das dramatische Geschehen, welches dem Flugzeugunglück vorausgeht, mit hineingezogen.

Verschollen? ... Seit Tagen kreisen meine Gedanken um dieses eine unfaßbare Wort. Verschollen! ... Keine der bisherigen Meldungen hinterließ einen Hoffnungsschimmer. Es heißt, das Flugzeug wäre noch um die fragliche Zeit über den Balearen gesichtet worden, habe jedoch das Festland nicht erreicht. Gibt es also wirklich keine andere Möglichkeit, als einen Absturz über dem Mittelmeer?

Ich bin noch in Berlin, denn wie könnte ich „ihn” jetzt verlassen! Gehöre ich doch nun ebenso wie er zu dem Kreis der Betroffenen. Wie weit entrückt scheint mir mein eigenes Leid, das ich durchgemacht habe! Nur ich kenne die näheren, selbst die intimeren Zusammenhänge, welche jenem rätselvollen Geschehen vorausgingen. Deshalb will ich versuchen, sie niederzuschreiben.

Über die Verlobung von Ines mit dem bekannten Dirigenten Viktor Xylander war ich ziemlich bestürzt. Ich sah in dem um zwanzig Jahre Älteren immer nur ihren Vater. Seit ihrem achten Lebensjahr wuchs Ines in seinem Hause auf, denn ihre Eltern kamen kurz vor Kriegsende bei einem Bombenangriff ums Leben. Zwei Jahre habe ich Ines nicht gesehen. Und nun bat sie mich zu kommen.

Es war in den ersten Tagen dieses Jahres, als ich nach München fuhr. Meine Glückwünsche müssen nicht überzeugend geklungen haben, denn Ines fragte mich in einem ungestörten Augenblick: „Hast du eigentlich etwas? Du bist so merkwürdig?”
Ich konnte nicht antworten, denn Viktor, der die letzten Gäste hinausbegleitet hatte, kam zurück. Er führte uns vor den Fernseher und bereitete uns auf ein Musikfestival in Rom vor. Wir sollten drei junge, bei internationalen Wettbewerben mit dem ersten Preis ausgezeichnete Solisten zu hören bekommen.
„Dieser japanische Pianist interessiert Ines und mich besonders” wandte sich Viktor zu mir. „Aber dann ist noch ein junger Geiger dabei, - ein Italiener! Ein ungewöhnlicher Bursche muß das sein! Er spielte seine ganzen Kollegen - samt der Jury - einfach down.”
Die Übertragung begann.
Wir lehnten uns in die Sessel zurück. Die Umrisse der schneehellen

Bäume und des Rasens schimmerten zu uns herein. Ich genoß es, wieder einmal hier zu sitzen. Der Kamin spitz wie ein Zuckerhut, stand von wuchtigen Sesseln umgeben mitten im Raum. Hinter ihm schlang sich wie ein liebkosender Arm eine breite Steintreppe zum ersten Stockwerk hinauf.Von dort oben blickte man wie von einer Theaterloge in die Musikhalle hinab.

Wenn Hauskonzerte stattfanden, saßen und standen hier Viktors Gäste bis zur untersten Stufe gedrängt.

Ab und zu erhob sich Ines, um neue Holzscheite auf das prasselnde Kaminfeuer zu legen.

„Wie gut ihr das steht", musste ich denken, „welch anmutigen Gang sie hat! Als Kind war sie ja beim Ballett!"

Viktor und Ines vertieften sich ganz in die Musik. Ich selbst war an diesem Abend zu sehr mit meinen Gedanken beschäftigt, um folgen zu können. Unauffällig schaute ich zu den beiden hinüber und versuchte sie mir als Ehepaar vorzustellen. Ines war an diesem Tag neunzehn Jahre alt geworden.

Unwillkürlich dachte ich an meine erste Begegnung mit ihr:

Mit meinem Vater, bei uns in der Schweiz ein bekannter Architekt, reiste ich vor vier Jahren nach München.

Er war mit Herta, Viktors verstorbener Frau, weitläufig verwandt.Sie hatte meinen Vater gebeten, bei den Plänen eines neuen Hauses behilflich zu sein. Nach unserer Ankunft bekamen wir Viktor, seine Frau und Ines erst im Konzertsaal des Deutschen Museums zu sehen.

Es war jener Abend, der sehr großen Anklang in der ganzen Musikwelt erregte. Nach Beethovens „ Eroika" übernahm Viktor den Klavierpart seiner Eigenkomposition, die er vom Flügel aus dirigierte. Mitten im Brausen des Beifalls, - im Vorwärtsstürmen des Publikums zum Podium, begegnete ich Ines. Sie entsprach ganz dem Bild, das ich mir von ihr gemacht hatte. Sie stand dicht unter dem Podium und klatschte begeistert zu Viktor hinauf.

Dann fiel ihr Blick auf mich. Der ganze Liebreiz ihrer fünfzehn Jahre hielt mich gefangen.„Nicht war, Sie sind Margrit Angermann?" Beide eilten wir ins Künstlerzimmer. Dort flog Ines vor aller Augen Viktor um den Hals: „Du hast einfach himmlisch gespielt!" Er aber neckte sie: „In ein paar Jahren wirst du mir dieses Klavierkonzert bestimmt ausspannen!"

Dann begrüßte er mich.

Ich war befangen von diesen forschenden Augen, denen nichts entging. War es Ironie oder Interesse? Welche Gedanken verbargen sich hinter der eigenwilligen Stirn seines markanten Gesichtes? Mein Vater kam dazu, der inzwischen Herta getroffen hatte. Als sie ihren Mann beglückwünschte, nahm Viktor ihre Worte mit kühler Höflichkeit entgegen.

„Es ist nicht zu glauben, was die letzten Ehejahre aus Herta gemacht haben", ereiferte sich mein Vater, als wir nach der Pause unsere Plätze wieder einnahmen. „Er hat sich kaum verändert. Sie jedoch ist eine verblühte, kränklich aussehende Matrone geworden. Ihre damals so schlanke Figur ist jetzt nur noch eine mühsam ins Korsett gezwängte Gestalt. Früher begeisterte sie als Wagnersängerin das Publikum. Sie war auch sonst recht charmant. Jetzt ist fast jeder Satz, den sie sagt, von krankhaftem Pessimismus durchzogen. Sie klagte mir, dass dieses Kind, diese Ines, ihre Ehe völlig zerstört hat."

In den darauffolgenden Tagen waren mein Vater und ich Gäste in Viktors Haus. Er wohnte damals noch in einer von den Bombennächten des Krieges wenig verschonten Gegend.

Jede freie Minute saßen die beiden Männer an der Ausarbeitung der Baupläne. Mein Vater hatte mit großem Elan viele seiner genialen Ideen anbringen können.

In diesen Tagen ergab es sich auch, daß wir Viktors Geburtstag und seine Ernennung zum Professor für Musikgeschichte an der Musikhochschule München miterleben konnten. Das Haus zeigte sich in festlicher Stimmung.Viele Gäste waren geladen.

Den Höhepunkt der Feier aber gestaltete Ines. Sie hatte sich mit ihren Freundinnen ein orginelles Tanzspiel ausgedacht.

Ich war bezaubert von der Natürlichkeit ihres Wesens. Da ich neun Jahre älter war, durchschaute ich diese tief weibliche, nur noch von einem Hauch der Kindheit umspielten Anmut.

Als sie später mit Viktor tanzte, beobachtete ich ihre unbewusste und gerade deshalb so unwiderstehliche Koketterie, wie man sie oft bei Vater und Tochter findet, wenn die Bindung zwischen beiden besonders harmonisch ist. Ich saß neben Herta, als Ines und Viktor zum Abschluß der Feier auf zwei Klavieren ein Konzertstück von Liszt vortrugen.Es war ungewöhnlich was er, - seit Ines siebtem Lebensjahr ihr Lehrer, - bereits aus ihr gemacht hatte. Ich erwähnte das auch gegenüber Herta. Die aber schwieg, mit dem verkniffenen Gesichtsausdruck, wenn von Ines die Rede war. Ein wenig später hörte ich nur leise von ihr: „Er kennt und sieht ja nur noch dieses Mädchen, wenn er zu Hause ist. Immer mehr vergißt er, daß er noch eine Frau hat."

Mein Rückblick in die Vergangenheit wurde durch Ines unterbrochen. Sie kniete vor dem Kamin nieder und versuchte mit dem Blasebalg das schläfrig gewordene Feuer neu zu entfachen. Der Flammenschein streichelte ihr feingeschnittenes Gesicht und den Ausschnitt ihres roten Samtkleides.
Ich stand auf und entnahm dem Kupferkorb ein paar Buchenscheite. Viktor wandte sich uns zu: „Wo bleibt eigentlich die Daxbergerin mit dem Punsch?" Ines erhob sich: „Ich schau mal, wo sie steckt. Die hat doch meistens Migräne, wenn bei uns was los ist. Bestimmt ist sie schon im Bett!" lachend ging sie zur Küche hinunter.
Auf dem Bildschirm entstand eine Pause. Ich setzte mich wieder in meinen Sessel. Viktor, den der Vortrag des jungen Japaners nicht wie erwartet angesprochen hatte, schien nachdenklich: „Ines würde dieses Konzert besser gespielt haben! Ich sage ihr das aber nicht. Außerdem möchte ich so lange wie möglich den natürlichen Charme erhalten, der mich auch an ihrer Mutter immer so begeistert hat." Er schwieg einen Augenblick, als überlege er, ob er nicht zuviel gesagt hatte. „Sie wissen ja, Grit, daß Ines Eltern unsere Nachbarn waren. Ihr Vater, ein Kunstmaler, hatte einen ziemlichen Schuss Leichtsinn im Blut. Ihre Mutter litt darunter, ließ sich aber nie etwas anmerken. Sie war genau das Gegenteil von Herta, die ja alles so schwer nahm, daß sie sich gar nicht mehr freuen konnte. Sie hat Ines das Leben in meinem Haus wirklich nicht leicht gemacht. Vom ersten Tage an ist sie dagegen gewesen, daß ich das Kind zu uns nahm. Es war natürlich auch eine schlimme Zeit! In Ihrer Schweiz haben Sie das Kriegsgeschehen bestimmt verfolgt. Wenn ich daran denke, kommt mir noch das Grauen. Erst der Tod von Ines Eltern. Wenig später wurde

mein Haus völlig zertrümmert. Drei Jahre lang hausten wir bei einem Bauern, bei dem ich Gott sei Dank schon lange vorher meinen wertvolleren Besitz untergebracht hatte und zwei Zimmer, d. h. armselige Kammern gemietet hatte. Ich schuftete wie ein Knecht, ohne Rücksicht auf meine Hände. Herta hatte die Küche übernommen und Ines musste den weiten Weg zur Dorfschule laufen. Ein Trost waren die Abende. Da konnte ich im Nebenzimmer des nahen Gasthauses auf dem Klavier spielen. Ich habe damals mein erstes Klavierkonzert komponiert. Ja, und dann Ines! Dieses Kind war schon in der Notzeit immer gleich. Ihr wurde nichts zu viel. Es war mein ganzer Lebensinhalt, für sie da zu sein. Auch nach der Währungsreform, wo ich die miserabel bezahlte Stelle in dem Verlag hatte, war sie stets zuversichtlich und guter Dinge, wenn ich nach Hause kam. Nur ganz selten hat sie sich beklagt, - wenn Herta mal wieder arg launisch mit ihr umging. Hertas Gesundheitszustand erlaubte es nicht, Kinder zu bekommen. Sie litt deshalb doppelt unter meiner großen Zuneigung zu Ines, und ... ihr Tod ..." Viktor sprach nicht weiter. Erst nach einer Weile fügte er hinzu: „für mich ist es ein Wunder, daß wir einen Tag wie den heutigen feiern können."

Die Sendung hatte wieder begonnen. Ein junger Cellist spielte. „Kennen Sie dieses Konzert?" fragte mich Viktor. „Ja, Dvořák", antwortete ich ohne Zögern. Ines kam mit dem Punsch zurück: „Unser Hausgeist schläft schon, - ziemlich geräuschvoll. Fein säuberlich hat sie alles hingestellt, und einen Liebesbrief daneben."
Wir lachten hellauf. „Gut, dass wir hier oben nichts hören!", schmunzelte Viktor. Als ihm Ines den Trunk einschenkte, zog er sie an sich. Seine Hände umfassten ihre Taille mit einer Gebärde, die meine Ahnung, dass sie ihm ganz gehörte, bestätigte. „Deine Freundin hat sich noch nicht über unsere Verlobung geäußert. Paßt sie Ihnen nicht, Grit?" Das klang sehr herausfordernd.
„Was sind wir Menschen doch für Heuchler", ging es mir durch den Kopf."Selten sind wir aufrichtig, weil wir fürchten, die Sympathie des anderen zu verlieren. „Die Hauptsache ist, dass ihr glücklich werdet!" Das klang ausweichend. Herausfordernd blitzten mich Viktors Augen an. „Was heißt "werdet"? Wir sind es, sonst säßen wir jetzt nicht

hier!" Viktor erhob sein Glas. Ich hatte erwartet, daß er mir, nachdem wir uns seit vier Jahren kannten, das Du anbieten würde. Aber er tat es nicht. Er war in seinem Freundeskreis dafür bekannt, daß er damit sehr zurückhaltend umging. Der Punsch tauchte uns in eine beschwingte Stimmung. Dvořáks Cellokonzert konnte sich nicht sofort unsere Aufmerksamkeit verschaffen. Fröhlich sprach ich über meine erste Begegnung mit Ines.

„Na, und die zweite Begegnung, mit Ines, ein Jahr später, stand ganz unter dem Einfluß Ihrer Blitzheirat", lachte Viktor. Ines warf ihm einen raschen Blick zu. Da erklärte ich schnell, daß ich über die ärgsten Monate hinweg sei.

Nachdenklich sprach Viktor weiter:

„Es war schon ein Bravourstück, Grit. Sie haben ihn auf einer Bergtour kennengelernt und ihn gleich sechs Monate später geheiratet. Ihr Mann hat mir sehr gefallen, als Sie ihn uns nach Ihrer Hochzeitsreise vorstellten. Wir haben ja damals unser Haus eingeweiht. Es interessierte mich sehr, was er mir über seine Arbeit als Dozent am geologischen Institut und über seine Hochgebirgstouren mit seinen Studenten erzählte. Geradezu erstaunt aber war ich über seine musikalischen Kenntnisse."

Während sich Viktor und Ines nun dem Cellisten zuwandten, eilten meine Gedanken wieder in die Vergangenheit.

Als sei es gestern gewesen, fühlte ich noch Viktors prüfenden Blick, als ich zum ersten Mal mit Albrecht vor ihm stand.

„Eilt es ihnen immer so?" hatte er sich an meinen Mann gewandt, der Viktors

Sympathie erwiderte. Albrecht hatte den Arm um mich gelegt und mit seinem herzhaften Humor geantwortet: „Wieso eilen? Diese sechs Monate sind mir wie Jahre erschienen!"

Später an der Kaffeetafel ließ sich Hertas Stimme hören, die immer von Bedenken, von wenn und aber erfüllt war. Fast strafend sah sie uns an: „Ihr seid zwölf Jahre auseinander. Ich finde, der Altersunterschied ist ziemlich groß!" „Und wenn es noch zehn Jahre mehr wären, „schaltete ich mich ein. „Manche Männer sind mit dreißig schon alt. Andere sind es mit sechzig noch nicht. Das Geburtsdatum

spielt doch keine Rolle, wenn man sich versteht!"
Als wir allein waren, äußerte sich Albrecht über Herta: „Ich bedaure
sie, denn sie soll sehr begabt gewesen sein. Ihr Mann gibt ihr keine
Liebe, - dafür liebt er Ines. Ich sah es sofort".
Heftig wehrte ich ab: „Das kann nicht möglich sein! Ines hat mir selber gesagt, daß er für sie Vater und Respektperson ist."
Doch Albrecht ließ sich nicht überzeugen: „Ich glaube es kaum, daß
sie ihm noch lange wiederstehen wird. Ich spüre es doch als Mann,
daß er dieses gewisse Etwas hat, das viele Frauen um ihre besten
Vorsätze bringt. Geschweige denn, ein so junges, unerfahrenes Ge-
schöpf wie Ines!"

Ich schaute zu ihr hinüber.
Mit einer Gespanntheit, die sie uns ganz entrückte, lauschte sie nun
dem Vortrag des jungen italienischen Geigers.
Seine Erscheinung, die Art, wie er den Bogen ansetzte, dieses Ver-
sunkensein in ein Spiel, wie ich es noch nie gehört habe, wirkten so
überzeugend, daß wir mitgerissen lauschten.
Es war das erste Violinkonzert von Wieniawski.
Technisch sowie tonlich gab es bei Vangelistis Wiedergabe nichts,
was noch eine Steigerung zugelassen hätte. Eine Wiedergabe, die
zutiefst berührte. Als sich der junge Italiener verneigte, klatschten wir
drei so übereinstimmend Beifall, als seien wir in Wirklichkeit dabei.
„Ein Geiger von ganz ungewöhnlichem Format", murmelte Viktor, „Der
wird bestimmt seinen Weg machen."
„Weißt du mehr über ihn, Wick?", Ines war ganz aufgeregt.
„Er ist in Mailand geboren und vierundzwanzig Jahre alt. Da ihm der
Name seines holländischen Vaters wohl zu nüchtern klang, hat er
den romantischen Namen seiner italienischen Mutter angenommen:
Vangelisti. Pietro Angelo Vangelisti. Der berühmte Salvatore in Siena
war sein Lehrer. Sein Spiel überzeugt. Er sieht gut aus. Hoffentlich
hält er sich."
Und mit sarkastischer Miene erzählte uns Viktor von einem Violinvir-
tuosen, der in seiner Jugend das Publikum durch sein Können und
seine Schönheit begeistert habe.
"Als ich ihn dann viele Jahre später wiedersah, verließ ich kopf-

schüttelnd den Konzertsaal: Das wallende Haar hatte sich in eine Glatze verwandelt. Auf der Nase saß ein Kneifer. Ein Brilliantring funkelte an einem Finger. Und der Notenständer stieß drohend an seinen Spitzbauch!"

Ines und ich bogen uns vor Lachen. Der Punsch war uns bereits in die Glieder gefahren.

Viktor setzte sich an den Flügel und spielte den Kaiserwalzer. Ines nahm mich an den Schultern und wirbelte mit mir durch die Halle.

Ihr Gesicht glühte. Ehe ich mich versah, war sie hinauf in ihr Zimmer geeilt und hatte einen weiten schwarzen Taftrock angezogen.

Noch heute sehe ich Ines die breite, mit dunkelblauem Velour ausgelegte Treppe hinabtanzen. Im beschwingten Dreivierteltakt glitt ihr schmaler Fuß Stufe um Stufe hinab. Dazu hob sie die Arme in graziöser Pose und lächelte Viktor zu. Er stand vom Flügel auf und fing sie in seinen Armen ein. Wir summten die Melodie des Walzers zu Ende, und die beiden durchschwebten die Halle. Als dann Viktor mich aufforderte, wurde ich unsicher, da ich immer mehr auf den Gipfeln der Schweizer Berge, als im Tanzsaal zu Hause gewesen war. Doch unter seiner Führung, die mir nicht einen einzigen selbstständigen Schritt gestattet hätte, berührten meine Füße mit traumhafter Sicherheit den Boden. Ines spielte, dazu sich leicht wiegend „die Geschichten aus dem Wienerwald".

„Ich habe gedacht daß Sie nur das Matterhorn besteigen könnten, Grit," lachte Viktor.

„Ich weiß augenblicklich wirklich nicht, was schwieriger ist" scherzte ich.

Das Telefon riß uns aus der fröhlichen Stimmung. Ein Kollege Viktors rief an. Ines meinte, das könnte stundenlang dauern!

Sie begleitete mich in mein Zimmer. Der rote Lampenschirm glühte auf und zog uns in seinen anheimelnden Kreis. Prüfend schaute Ines in den Spiegel: „Ich sehe aus wie ein zerrupftes Huhn. Und ihr lasst mich so herumlaufen!" Lachend löste sie zwei perlenbesetzte Kämme aus ihrem dunklen, dichten Haar und ließ es über die Schultern hinabfallen. Mit einer Bürste machte sie ein paar energische Striche und schickte sich an, es wieder zu der kunstvollen Hochfrisur aufzustecken, die ihr apartes Profil so reizvoll machte.

„Nein, lass es offen", bat ich.

Sie legte die Bürste weg und fuhr mit einem Finger nachdenklich über die geöffnete Schreibplatte des kleinen Sekretärs, als wollte sie genau die Maserung des Eichenholzes prüfen. „Er ist ganz mein Typ, Grit", sagte sie plötzlich. „Ich glaube, ich dürfte ihm nicht begegnen." Erstaunt sah ich sie an. „Wen meinst du?"

Ines lachte hellauf, weil ich so verdutzt aussah. „Diesen tollen Geiger natürlich! Pietro Angelo ... ich kann mir den Namen nicht merken". „Vangelisti", ergänzte ich, denn als Tessinerin sind mir solche Namen geläufig.

Doch Ines fasste sich schnell: „Nein, Grit, lass uns abschalten! Ich rede sowieso nicht gern über sinnlose Dinge. Er hat mir nur so gut gefallen. Es war, als würde ich ihn kennen. Es war ganz eigenartig, wie sehr mich sein Spiel, aber auch seine Person berührt haben. Ach, weißt du, dieser Punsch! Der macht ganz wirr im Kopf."

Sie setzte sich in den Schaukelstuhl und ich nahm auf dem Sofa Platz. Nach einer Weile des Schweigens fragte ich leise: „Bist du glücklich mit Viktor?"

Es beunruhigte mich, dass sie nicht sofort antwortete. Ihre Fröhlichkeit verwandelte sich in Ernst, der sie viel ruhiger werden ließ. „Was ich vor vier Jahren, als wir uns das erste mal länger allein gesprochen haben, zu dir sagte, das gilt auch heute noch, Grit! Wick ist der liebste Mensch, den ich habe. Mein eigener Vater hätte mir niemals so viel geben können wie er. Was ich bin, bin ich nur durch ihn. Wenn ich damals in ein Waisenhaus gekommen wäre, - Grit, ich hätte es nicht ertragen können. Ich brauche einfach jemanden, zu dem ich lieb sein darf, verstehst du das?

Als mich Wick aus dem eingestürzten Keller von meinen toten Eltern fortholte, schrie ich wochenlang nach meiner Mutter, - oft mitten in der Nacht. Immer kam Wick zu mir und tröstete mich. Er konnte das sehr gut. Herta sagte mir nie ein einziges gutes Wort. Ich glaube, er hat es ihr nie verziehen, daß sie so hart zu mir war. So hing ich eben nur an ihm, bewunderte ihn glühend und schwärmte für ihn, - bis er eines Tages" sie stockte kurz, „bis er eines Tages mich so leidenschaftlich küsste, daß ich völlig durcheinander geriet. Ich war damals fünfzehn. Wick erzählte mir von der Liebe und klärte mich behutsam auf. Obwohl er doch mit Herta gar nicht glücklich war, schilderte er mir die Liebe so ideal, daß ich richtig Sehnsucht bekam. Im Geheimen hatte ich mir schon oft eine Liebesheirat ausgemalt. An Wick dachte ich aber dabei nie! Grit, verzeih, aber sieh mich nicht so entsetzt an. Ist es denn schlimm, wenn ich auf meinen Schulwegen jungen Männern begegnete, die mich ansahen? Manchmal lächelte ich zurück und ich dachte dann, daß es später einmal einer von vielen sein würde. Eine Weile gelang es mir, mich ihm zu entziehen, ohne ihn zu verletzen. Er war damals viel auf Konzertreisen. Ich fühlte mich dann ganz Hertas Launen, ihrer Krankheit und ihrer Langweile ausgesetzt. In dieser Zeit schrieb ich dir ja einen Brief, Grit. Mein Gott, sind das erst anderthalb Jahre her?" Ines unterbrach sich, wie um Atem zu schöpfen. „Ja", erwiderte ich, „und ich bin bis heute noch nicht dahinter gekommen, warum du nach einem Streit mit Herta - während Viktors Abwesenheit, - und noch dazu ein paar Monate vor deinem Abitur - auf und davon gelaufen bist."

„Ich hielt es einfach nicht mehr aus" , begehrte sie auf. „Täglich ließ mich Herta fühlen, wie sehr sie es verachtete, daß ich zwischen ihr und Wick stand. Ich hinterließ für Wick einen Brief, in dem stand, daß ich eine Weile zu euch an den Vierwaldstätter See fahren wollte, da ich Abstand zu meinem jetztigen Leben brauchte.
Ich kann es nur dir sagen, Grit, denn schreiben wollte ich es nicht. Es war nicht nur Herta, die mich zu dem Entschluß, per Anhalter nach Konstanz zu fahren, hinreißen ließ. Ich wollte auch von Wick und seinem starken Einfluß fort. Denn ich wehrte mich dagegen, daß ich nachgeben würde —. Du weißt ja, daß er unerwartet schon eher nach Hause kam und mich in Konstanz einholte. Abends telefonierte ich ja noch mit dir, um uns für den nächsten Tag zu verabreden. Aber - dann stand Wick plötzlich vor mir. Du glaubst nicht, was er mir damals sagte, Grit! Ich schämte mich zu Tode, wie ich nur den Gedanken fassen konnte, von ihm fort zu gehen. Er hatte die stärkste meiner innersten Stimmen zum Schweigen gebracht.
Von jener Nacht an besaß er mich ganz. Ich war von seiner Liebe, seiner Zärtlichkeit so überwältigt, daß ich in den nächsten Wochen wie in einem traumhaften Dämmerzustand verbrachte. Wick hat mir in

Konstanz gestanden, daß es seit Jahren sein größter Wunsch war, mich ganz zu bekommen und mich nie mehr von seiner Seite zu lassen. Es ist mir bis heute noch ein Rätsel, wie ich vor einem Jahr mein Abitur und die Aufnahmeprüfung für die Musikhochschule geschafft habe."

Ines schwieg, aber ich machte ihr Mut, weiter zu sprechen: „Und was war mit Herta? "

„Er hat ihr alles gesagt. Du weißt, er hasst alles, was hinter dem Rücken geschieht. Aber er hätte es ihr vielleicht doch ersparen sollen. Sie war ja so oft krank. Dieses Geständnis jedoch war das Ende für sie.

Mit mir sprach sie kein Wort mehr. Sie stürzte sich willenlos in diese schwere Operation, die der Arzt ohne weiteres noch hätte hinausschieben können. Und sie hat Wick nicht verziehen, Grit. Ich finde es furchtbar, so unversöhnt aus dem Leben zu gehen."

Ich stand auf und trat ans Fenster, weil mich bei ihren Worten hart die Erinnerung an mein eigenes Schicksal packte. Wie gebannt starrte ich auf das Muster der Vorhänge, das ich eben erst entdeckte. Weiße Berge auf dunklem Grund. Berge? Sie verfolgten mich bis hierher .— Zur gleichen Zeit von Hertas Tod war es geschehen. Das schwere Lawinenunglück auf dem Monte Rosa hatte Albrecht vor meinen Augen in den Abgrund gerissen. Ich selbst war mit in dem weißen Grab gelegen. Ebenso die vier Studenten, welche die Gletscherwanderung mit uns unternommen hatten. Nur ich wurde gerettet. Gerettet, - damit ich allein weiterleben sollte - ohne ihn.

Ines trat hinter mich „Ich weiß, woran du denkst, Gritli," sagte sie sanft. „Wick sagte damals, dass noch eine besondere Aufgabe auf dich warten wird, weil du am Leben geblieben bist".

„Wenn ich wenigstens unser Kind hätte behalten können. Aber ich war erst im vierten Monat, als das Schreckliche geschah".

Wir schwiegen beide. Dann aber nahm ich das Wort wieder auf:

„Ich will dich nicht mit meinem Leid betrüben, Ines. Ich werde schon irgendwie fertig. Es bleibt ja auch gar nichts anderes übrig. Bitte, sprich noch von dir!" „Da gibt es nicht mehr viel zu erzählen, Grit. Ich habe dir ja immer von überall her geschrieben, wo ich mit Wick auf seinen Konzertreisen war. Je länger ich ihm angehöre, desto stärker spüre ich seine Macht über mich. Er braucht nur seine Arme um mich zu legen, und es ist um mich geschehen. Ich kann mir nicht vorstellen, dass jemals ein anderer Mann ähnlich handeln könnte wie er. Er ist wie im Orchester oder auch bei meinem Klavierspiel. Durch seine künstlerischen Fähigkeiten bringt er auch die verborgensten Töne zum Klingen. Er entdeckt die feinsten Feinheiten, feilt und arbeitet an ihnen, bis er sie zur Vollendung führt. Ohne ihn könnte ich nie so spielen, Niemals! Trotz allem, Grit, möchte ich manchmal auch das tun, was ich will!"

Wir hörten am kurzen Klingelzeichen, dass das Telefongespräch zu Ende war. Noch ehe ich etwas erwidern konnte, rief Viktor schon ihren Namen. Es war ein Ruf, der eine sofortige Antwort forderte. „Ich komme in einer Minute, Wick!" Ines stand auf und neigte sich mir zu. „Könnte ich doch jetzt zeitloser sein! Aber es geht nicht. Ich weiß nicht, ob ich das ein Leben lang aushalte."

Als ich Einspruch erheben wollte, legte sie mir schnell den Finger auf den Mund. „Pst, Gritli, - ich weiß genau, was du sagen willst. Das hättest du dir eher überlegen sollen ! - Aber - jetzt ist es zu spät!"

Ernst sah ich sie an. „Zu spät ist es nicht, denn du bist noch nicht verheiratet!" „Nein, nein," flüsterte sie erregt, „ich könnte ihm das nie antun, wo er so unendlich viel für mich getan hat. Bitte, Grit vergiss, was ich heute zu dir gesagt habe. Wick hat schon Recht, wir sollen vom Alkohol nur nippen, sonst schlägt uns die Zunge ein Schnippchen! Denk nicht mehr daran, was ich über Pietro Angelo Vangelisti gesagt habe."

Sie sprach den vollen Namen langsam aus, mit einer liebevollen Betonung, als wollte sie ihn nach einem zärtlichen Abschied in die Vergangenheit entlassen.

„Ines," rief Viktor unten mit ungeduldiger Stimme, „Die eine Minute hat sich schon verzehnfacht. Komm jetzt und sage Grit, ich wünsche ihr eine gute Nacht." Ines öffnete die Tür. Ich erwiderte Viktors Gruß. Da schloß sie noch einmal für Sekunden hinter sich zu. Ein schalkhaftes Lächeln huschte über ihr Gesicht „Du, ich möchte den Mann sehen der es wagen würde, sich neben Wick zu stellen. Der müsste erst geboren werden. Und dann wäre es für mich ohnehin zu spät. Also deshalb keine Sorgen um mich machen, Gritli! Ich mag dich gern, sehr gern sogar! Gut Nacht !"

Noch lange Zeit lag ich wach. Meine Vermutung über dieses Verlöbnis hatte sich also bestätigt. Obwohl Ines schon einmal ihre Ferien bei mir verbracht, und wir die ganzen Jahre eine sehr herzliche Korrespondenz pflegten, war sie mir doch noch nie so nahe gewesen wie nach diesem Gespräch.
Ich grübelte, wie ihr wohl zu helfen wäre und was ich für sie tun könnte. Aber der Gedanke an die bezwingende Persönlichkeit Viktors, der sich niemals durch die Meinung anderer beirren lassen würde, verhinderte es, Ines auch nur der geringsten Beeinflussung meinerseits auszusetzen.

Am nächsten Morgen traf ich mit Viktor zusammen, als er gerade aus Ines´ Zimmer trat. Wir waren beide im Morgenmantel, aber das störte ihn keineswegs. „Gut, daß ich Sie noch antreffe, Grit," kam er auf mich zu.
„Das Telefongespräch gestern Abend hat meine Pläne durcheinander gebracht. Ich fliege in vier Stunden nach Paris. Ich habe die "Neunte" zu dirigieren. Könnten Sie noch drei Tage länger bleiben? Ich bin beruhigter, wenn ich Ines hier nicht ganz allein weiß."
Und wenn ich mir fest vorgenommen hätte, nein zu sagen, unter diesem gewinnenden Lächeln und dem festen Händedruck, wäre es mir nicht möglich gewesen.
„Ich rufe sowieso jeden Tag an, und wenn es aus Honolulu wäre!"
Und lachend gingen wir auseinander.
Im Stillen dachte ich noch, dass er nicht nur in seinen tadellos sitzenden Anzügen, sondern auch im Morgenmantel gepflegt und angenehm aussah. Im hellen Tageslicht, das nichts verbergen lässt, war mir aufgefallen, wie frisch und gut durchblutet seine Haut war und welch gepflegte Zähne er hatte. Ich wusste durch Ines, dass er sehr mäßig lebte. Und die Liebe zu ihr verjüngte ihn um Jahre.

In diesen drei Tagen berührte Ines unser Gespräch vom Vorabend mit keinem Wort mehr. Sie zeigte sich geradezu unnahbar, wenn die Rede auf Viktor kam. Die meiste Zeit verbrachte sie in der Hochschule oder am Flügel. Als ich ihr mein Erstaunen über ihre großen Fortschritte ausdrückte, erklärte sie „Das hat nur Wick aus mir gemacht. Alles nur er!"

Zweimal telefonierten sie lange miteinander, einmal sogar mitten in der Nacht. Ich musste ihr viel von mir berichten, mehr als mir eigentlich lieb war. Zu meiner großen Überraschung entfuhr es ihr: „Und ich wage es, auch nur eine Stunde unzufrieden zu sein, wo du so Schweres durchgemacht hast."

In dieser Zeit lernte ich auch Viktors Neffen, Ralf Perking kennen. Er war Jurastudent, und aus Verehrung für seinen Onkel Gasthörer an der Musikhochschule. Kameradschaftlich und unbeschwert gingen Ines und Ralf miteinander um, denn sie kannten sich seit ihrer Kindheit.

Natürlich entging es mir nicht, dass er für Ines schwärmte. Als ich sie damit neckte, zuckte sie gleichmütig mit den Schultern. „Wick weiß genau, dass man mich mit Ralf einsperren könnte. Er ist einfach nicht mein Typ. Dafür ist er der Anstandswauwau, der mich bewacht, wenn Wick fort ist. Er hat nichts dagegen, wenn ich die Hochschulbälle besuche, aber dann ist eben auch Ralf dabei. Und der passt genau auf, dass ich nicht zuviel mit anderen tanze." Ralf kam so häufig, dass er lästig wurde. Da gab ihm Ines ziemlich schnippisch zu verstehen, dass sie mit mir allein sein wollte. „Dich habe ich schließlich oft genug, und Grit nur die paar Tage bei mir!"

Daraufhin ließ er sich nicht mehr sehen.

Viktor kehrte zurück.

Er hatte die Gabe, geschmackvolle und besonders persönliche Geschenke zu machen. Ines konnte sich wie ein Kind darüber freuen. Ich bekam von ihm ein handbemaltes Schreibtischlämpchen aus Paris. „Weil Sie das warme Licht sind, Grit, das über uns beiden leuchtet."

Ich fuhr fort mit der Erkenntnis, dass Ines nun versuchen musste, mit den Anforderungen, die das Leben an sie stellte, fertig zu werden.

Zu Hause wartete Arbeit auf mich, denn seit Albrechts Tod beaufsichtigte ich den kleinen Fabrikationsbetrieb meiner Schwiegereltern und verdiente mir nebenher noch etwas durch Übersetzungen. Wochenlang hörte ich gar nichts von Ines. Kurze Kartengrüße folgten. Es vergingen vier Monate.

Dann kam ein ausführlicher Brief. Ich überflog ihn zuerst, um ihn dann mit klopfendem Herzen wieder und wieder zu lesen.

„...Ich kann es nicht glauben, Grit! Ich bin völlig aus dem Häuschen. Du wirst genauso fassungslos sein, wie ich! Oh, Gritli, ich fürchte dieser Brief wird ziemlich chaotisch sein, denn selten im Leben war ich so aufgeregt.

Stell' dir vor, Pietro Angelo Vangelisti gab ein Konzert. — hier in München!

Und ich habe ihn kennengelernt! Kein Traum! Grit, es ist wahr! Aber ich will dir alles der Reihe nach erzählen.

Er spielte drei Violinkonzerte an einem einzigen Abend. Es war ein Erlebnis! Das Publikum war verrückt vor Begeisterung. Wick dirigierte. Ich saß in der ersten Reihe.

Grit, - sein Spiel ist eine Gnade! Ob er nun Bachs strahlendes E-Dur, das virtuose, leidenschaftliche Konzert von Katschaturian, oder das so große, künstlerische Reife verlangende Brahmskonzert wiedergab. Immer war dieses völlige Einssein mit der Musik und sich selbst zu spüren. Jeder, der ihn hört, muss es erleben, dass er nicht nur souverän über allen technischen Schwierigkeiten steht, sondern auch an jedem einzelnen Ton arbeitet, bis er ihn mit seinem ganzen Wesen erfasst hat.

Ich konnte gar nicht mehr zählen, wie oft er zum Schluss herausgeklatscht wurde. Nach den Zugaben eilte ich ins Künstlerzimmer, wo ich mich mit Wick verabredet hatte. Er war jedoch noch nicht da.

Vangelisti saß an einem Tisch und gab Autogramme. Dicht gedrängt umstanden ihn die Wartenden. Ich stellte mich in den Hintergrund, um ihn besser beobachten zu können.

In fließendem Deutsch, Italienisch, französisch und Englisch unterhielt er sich kurz mit jedem einzelnen. Mir fiel die Ruhe und die Sicherheit auf, die von seiner imposanten Erscheinung ausströmte.

Sein Gesicht, - ein ernstes, gedankenvolles Gesicht, in dem eine gewinnende Herzlichkeit liegt, fesselte mich so sehr, dass ich wünschte, noch eine Weile so unbemerkt stehen zu können.

Auf einmal fiel sein Blick auf mich - Sekunden nur - wie zufällig. Ich schaute in Augen, in denen Ernst und zugleich jungenhafte Fröhlichkeit waren.

Ich errötete so heftig, dass ich am liebsten weit fortgelaufen wäre. Aber ich blieb wie angewurzelt auf meinem Platz, bis sich die Warteschlange aufgelöst hatte. Vangelisti stand nun in seiner schlanken, für einen Italiener ungewöhnlichen Größe vor mir. „Signorina, auch ein Autogramm?"

Ich war so verwirrt, dass ich „nein danke" sagte. Doch schnell fasste ich mich wieder. „Ich möchte Ihnen sagen, wieviel Sie mit Ihrem Spiel geben können." Spontan ergriff er meine Hände und sah mich wortlos an. Stumm standen wir so voreinander - versunken in die Gegenwart des anderen. Ich glaube, wir haben es beide empfunden, dass uns solche Augenblicke nur selten geschenkt werden. Doch dann kam Wick hereingestürmt. „Da bist du ja, Ines !"

Eilig stellte er mich vor. „Ines Hellem, meine Verlobte!"

Vier Worte, die seltsam hohl im Raum hallten. Ein ungewöhnliches Erstaunen zeigte sich in Vangelistis Gesicht. Er verneigte sich kurz vor mir. Wick sprach ihm seine Anerkennung über diesen Konzertabend aus. Erst jetzt, als Vangelisti, Wick noch um einiges überragend neben ihm stand, fiel mir auf, wie jung er ist.

Die Beiden hatten wohl schon einmal den Plan erwogen, dass Vangelisti im Spätsommer in Berlin bei einem von Wick geleiteten Fest - Konzert mitwirken solle. Vangelisti zeigte ihm auf einem Kalender, wie sehr sich seine Verpflichtungen bereits aneinander reihten.

"Dirigieren Sie Mitte September die Berliner Philharmoniker? Wenige Tage später gebe ich ein Konzert in Lissabon, das schon lange festgesetzt ist. Ich kann es nicht absagen, aber ich überlege es mir, ob es sich vielleicht einrichten lässt."

Wick und ich fragten ihn nach seinen einwandfreien Deutschkenntnissen.   „Mein Vater war nur die ersten zehn Lebensjahre in Holland", erklärte er uns; dann zog er mit seinen Eltern nach Hamburg, wo mein Großvater, der heute noch bekannte Chirurg van der Delft, eine Privatklinik hat. Mein ältester Bruder ist ebenfalls Arzt und wird die Klinik noch in diesem Jahr übernehmen. - Was die deutsche Sprache betrifft, so hatte mein Vater nach dem Tod meiner Mutter -

sie starb leider schon, als ich ein Jahr alt war - eine deutsche Erzieherin für meine beiden Bruder und mich genommen."
Vangelisti wandte sich mit der Bitte an Wick, ob er ihm nicht einen
guten Pianisten empfehlen könnte. Er sei nach dem heutigen Konzert
wiederholt aufgefordert worden, in München noch einen Kammer-
musikabend zu geben. Wick überlegte. Sein Gesicht hellte sich auf
"Die Idee ist gut! Ich garantiere Ihnen einen gut besetzten Saal.
Außerdem wüßte ich einen ausgezeichneten Pianisten," dabei wies
er auf mich, „Hier, meine Verlobte!"

Während Vangelisti mich ungläubig ansah, rief ich aus: Aber Wick,
das ist doch nicht dein Ernst! Wir sind ja überhaupt nicht einge-
spielt!"
„Es käme auf einen Versuch an, Signorina," sagte Vangelisti etwas
zögernd. „Wann kann ich Sie spielen hören?"
Wir verabredeten uns für den nächsten Tag in der Musikhochschule.
Wie betäubt ging ich neben Wick zu unserem Wagen. Wick zeigte
sich sehr aufgeräumt: „Das ist eine große Chance für meine kleine Ines. Wenn dieser Abend klappt, habe ich eine Überraschung vor."

Die Probe für Wick's Akademiekonzert fand früher statt, als eigentlich beabsichtigt war. Ich ärgerte mich darüber, weil ich nun keine
Zeit mehr fand, mich für die Verabredung mit Vangelisti umzuziehen.
Ich trug eine gelbe Bluse und den kniekurzen, karierten Rock, von
dem du neulich sagtest, dass ich darin besonders jung aussähe. Allerdings hatte ich meine neusten Bleistiftpumps an. Also, - doch etwas Dame!
Für diese Probe war ein Gastdirigent eingesprungen, da Wick eine
Vorlesung hatte.
Als ich am Flügel saß und das Orchester mit dem Tutti begann, vergaß ich wie immer alles um mich her. Ich war stolz darauf, dass ich
vorgeschlagen worden war, Schumanns Klavierkonzert zu spielen.
Während der ersten Takte der Kadenz umraunte es mich: „Profix ist
gekommen, mit dem italienischen Geiger!"
Mir stockte der Atem. Wusste ich doch jetzt aller Augen auf mich gerichtet. Aber ich hatte einen guten Tag, denn meine Finger meister-

ten spielerisch die schwierigsten Passagen. - Sollte er doch nicht mehr die scheue Ines vorfinden, die gestern so befangen seine Blicke erwidert hatte. Ich war ganz Ich. Du weißt doch, Gritli, wie sehr mir Schumann liegt, und du weißt auch, wie selten ich mit mir zufrieden bin. Dieses Mal war ich's. Als ich geendet hatte, war Wicks'Platz neben Vangelisti leer. Mir fiel seine Vorlesung ein. Vangelisti kam auf mich zu und streckte mir mit einem „Ausgezeichnet „ seine Hände entgegen. Zu meinen Kollegen gewandt, sagte er nach einigen anerkennenden Worten: „Ich werde Ihnen jetzt Fräulein Hellem entführen. Sie wird mich an meinem Violinabend begleiten."

Die Antwort war ein freudiger Applaus, der nicht nur allein meiner Beliebtheit, sondern auch seiner überzeugenden Persönlichkeit galt.

Ich führte ihn in einen der freien Übungsräume und drückte ihm meine Verwunderung darüber aus, wieso er mich nach dieser einzigen Hörprobe engagieren konne.

„Inspiration!" Er lächelte: „Ich entschließe mich meistens rasch. Bis jetzt ging es gut!"

Dann erklärte er mir unser gemeinsames Programm. Es war zum Teil modern und mir wenig bekannt. Wir begannen sofort. Es kam mir wieder einmal zugute, dass mich Wick von Kind an unerbittlich das Blattspielen gelehrt hatte. Übereinstimmend waren wir überrascht, dass uns bereits der Anfang so gut gelang.

„Ich komme bei Ihnen aus dem Staunen nicht heraus!" Vangelisti nahm meine Hände und sah sie sich an: „Eine große gebändigte und doch so ungezähmte Kraft liegt in ihnen. Ich würde diesen Händen Tschaikowsky zutrauen."

Wir probten weit über eine Stunde, ohne dass uns hätte etwas ablenken können. Dann sahen wir uns plötzlich an.

„Es ist schön, wenn die Erwartungen des allerersten Eindrucks noch übertroffen werden," sagte er leise.

Unsere Vorsätze zum Üben waren verflogen. „Erzählen Sie mir bitte von sich" bat er, „ich möchte gern ein wenig von Ihnen wissen". Ich bin es nicht gewöhnt, viel von mir zu sprechen, Gritli. Es gibt wenig Menschen, die zuhören können, weil sie sich selbst so gerne reden hören. Vangelisti ist anders.

Ich sprach von meiner Kindheit, wie ich meine Eltern verloren und was Wick für mich getan hat.

Als ich ihn bat, auch von sich zu erzählen, meinte er nachdenklich, in unserem beider Leben gebe es Parallelen. Denn auch er habe einen Menschen gefunden, der sich ganz für ihn eingesetzt hätte, obwohl er nicht zur Familie gehörte. „mein väterlicher Freund, Manuel ".

Im Laufe unserer Unterhaltung erfuhr ich mehr über ihn. Manuel war Musikprofessor an einem Knabengymnasium in Meran. Später, als Pensionär zog er in ein kleines Haus an der levantinischen Riviera. Dort, an der Küste von Rapallo, wo die Familie van der Delft im Sommer weilte, beobachtete er eines Tages den dreijährigen Pietro, wie er auf steilen Felsen herumkletterte. „Ich war unserer Erzieherin, die meine Brüder und ich oft sehr ärgerten, wieder mal entwischt. Manuel wurde mein bester Freund. Zum sechsten Geburtstag schenkte er mir eine Geige. Seitdem ließ ich jedes Spielzeug stehen. Manuels Vorbild war für mich bestimmend. Er hatte etwas von der Weisheit, die uns in vielen Lebenslagen über den Dingen stehen lässt. Er war mein unerbittlicher Lehrer und seine Kritik war schonungslos. Er duldete keinen unreinen Ton - aber auch kein unreines Wort.

Als ich meine Meisterprüfung mit "sehr gut" bestanden hatte, sagte er streng: „Wenn du jetzt aber übermütig werden solltest, gerbe ich dir das Fell!" — Wir sprachen immer deutsch zusammen. Nur, wenn Manuel mich schimpfte, tat er es auf italienisch.

Vor zwei Jahren ist er gestorben. Er war einundachtzig. Ich vermisse ihn sehr. Manuel neckte mich oft damit, dass ich mit dem Herzen Italiener, mit dem Verstand aber Holländer sei. Aber er meinte, die beiden Rivalen würden sich gut ergänzen."

Von seinem Vater erwähnte er nur, dass er in Mailand eine Papierfabrik besitze und leider die Musik für völlig überflüssige Zeitverschwendung halte.

Wir waren zeitlos geworden. Stunden hätten wir noch so, in den anderen hineinlauschend, verbringen mögen.

Doch Wick kam, und seine nüchtern hingeworfenen Worte: „Vangelisti, eine junge Dame hat unten beim Pförtner schon mehrmals nach Ihnen gefragt," rissen mich jäh in die Wirklichkeit zurück. Vangelisti sagte nur, dass wir für heute fertig wären, er jedoch noch täglich mit mir üben müsse.

Er überreichte mir die Noten und verabschiedete sich höflich aber kurz. Wick trat etwas später ans Fenster und schaute hinaus: „Da gehen die beiden, - eingehakt. Sie, - jung und hübsch. Ob es eine Freundin ist? Es ist ja verständlich, dass die Frauen diesen Amore-Typ anhimmeln."

Ach, Wick hat oft diese Art, einen schon mit wenigen Worten vom Himmel auf die Erde zu ziehen ...

Hier brachen Ines Zeilen ab. Ich fand sie für eine Neunzehnjährige schwärmerisch wiedergegeben, aber überaus reif durchdacht. Voller Ungeduld, wenn auch in heimlicher Unruhe, erwartete ich in den nächsten Tagen die Post. Es dauerte nicht lange und ich hielt wieder einen weiteren, ausführlicheren Brief von Ines in den Händen: „ ... Als wir vorgestern übten, Grit, fragte ich Vangelisti scherzend, - so nebenbei - ob er eine Braut habe. Er sah mich verdutzt an: „Ach wegen der Dame, die mich abholte?" Belustigt lachte er auf. „das war meine Schwägerin. Mein ältester Bruder Enrico, von dem ich Ihnen ja schon erzählte, hat vor kurzem geheiratet, - eine Hamburgerin. Er ist ein ausgezeichneter Arzt. Sie werden ihn an unserem gemeinsamen Konzertabend kennenlernen, denn wir wohnen hier in München zusammen und fahren auch gemeinsam nach Norddeutschland weiter. Wir verstehen uns gut."

Wir probten wieder einige Stunden. „Sie sind sehr anpassungsfähig, aber Sie dürfen ruhig mehr aus sich herausgehen. Zeigen Sie, was Sie können!" sagte er am Schluss.

Wick kam dazu und war gegenteiliger Ansicht: „Das Klavier hat in jeder Hinsicht zurückzutreten. Meine Verlobte hat es gelernt, sich anzupassen, wenn sie begleitet. Ich sehe es deshalb nicht ein, warum Sie ihr solche Extravaganzen einräumen wollen."

Doch Vangelisti gab nicht nach: „Klavier und Geige fügen sich harmonisch ineinander, wenn jedes Instrument seine Eigenart zur Geltung bringt."

Ich wusste, dass Wick jetzt gereizt antworten würde, duldete er doch keinen Widerspruch.

„Wir versuchen, den goldenen Mittelweg zu gehen", sagte ich

schnell und lachte Wick zu. Die Situation war gerettet.

Gestern war Vangelisti irgendwie verstimmt. Mitten im Allegro brach er ab. Ungewöhnlich hart klang seine Stimme, als er mich fragte: „Lieben Sie Professor Xylander?"

Zunächst war ich sprachlos und meine Hände blieben auf den Tasten liegen . „Antworten Sie mir, bitte!"

Ich sah ihn an und zögerte: „Auf diese Frage gibt es mehrere Antworten". Erschrocken wurde mir bewusst, dass ich weder ja noch nein zu sagen vermochte.

„Ich will aber nur ein Wort, Ines". Zum ersten Mal nannte er mich beim Vornamen, behutsam, als habe er ihn eben erst entdeckt. „Und warum?", fragte ich überrascht.

„Weil sehr viel davon abhängt," antwortete er leise.

Ich zögerte und schämte mich, dass ich etwas aussprach, was ich sogleich wieder bereute: „Wie soll ich Ihnen eine Frage beantworten, wenn ich selbst nicht bis ins letzte zu ihr stehen kann?"

„Ich dachte es mir, dass es so ist," antwortete er. „Seit ich Ihnen begegnet bin, muss ich ständig darüber nachdenken."

„Was Manuel aus Ihnen gemacht hat, das bin ich durch ihn." „Das ist wahr, aber was ich Manuel so hoch anrechne ist, dass er dafür nie etwas von mir forderte. Für mich war es selbstverständlich, dass ich meine Ferien bei ihm verbrachte. Er sagte oft, ich solle mich nicht an ihn gebunden fühlen. Er freute sich, wenn ich ihn brauchte und bot mir jederzeit seine Hilfe an. Er gab mir Freiheit, die mich doppelt an ihn band. Aber das ist eine große Kunst. Die meisten Eltern beherrschen sie nicht. Sie stehen auf dem Standpunkt, sie hätten ihren Kindern das Leben gegeben, damit diese auch ganz für sie dasein müssten."

Als ich schwieg, lenkte er ein: „Ich weiß, dass ich nicht das Recht habe, so zu Ihnen zu sprechen, Ines. Ich weiß nur, dass unsere Begegnung eine Bedeutung hat."

Wir sahen uns an und ahnten beide, dass es nicht bei diesem Gespräch bleiben würde.

„Sie müssen aber diese Frage klar beantworten können. Sonst dürfen Sie sich nicht verheiraten", nahm Vangelisti sehr ernst unser Gespräch wieder auf. „Es darf nicht sein, dass Sie ihm Ihr ganzes junges Leben geben, Ines, nur weil er alles für Sie getan hat.

„Er hat mein Ja-Wort ", sagte ich trotzig, „und dazu muss ich stehen." Ich blätterte das Notenblatt um und spielte meinen Solopart zu Ende.

Verwegenheit durchkreuzte mein Spiel. Vangelisti hörte mir zu, erst überrascht, dann wurde es das warme Lächeln, das ich so liebe an ihm.

„Bravo!" rief er, „es ist herrlich, wenn Sie so ganz Sie selbst sind! Dieses Presto möchte ich Ihnen am liebsten auf Band vorführen, damit Sie wissen, wie ich Sie haben möchte."

Da konnte ich nicht anders, als befreiend und herzlich in sein Lachen miteinzustimmen.

Ach, Grit, heute war unsere letzte Probe. Die letzte! Ich kann mir nicht vorstellen, dass es dann kein Zusammensein mit ihm mehr geben wird. Er kam sehr belustigt aus einer Vorlesung von Wick. Ein Student neben ihm hätte bei Wick's Eintreten gesagt: „Pst, der Löwe kommt! Er frisst uns sonst!"Es sei aber eine erstaunliche Disziplin und Aufmerksamkeit im Hörsaal gewesen. Sein Vortrag habe ihn gefesselt. Außerdem hatte er den Eindruck, dass Professor Xylander recht beliebt und besonders vom weiblichen Geschlecht umschwärmt sei. Ich stimmte ihm zu und merkte, wie sichtlich er bemüht war, die Worte - Ihr Verlobter - zu umgehen. „Und was den Löwen anbetrifft," lachte er jungenhaft auf,   „würde ich mich schon mit einem anlegen, doch nur, wenn er satt ist, denn ich hänge sehr am Leben."

Unser Lachen hallte in der Akustik des kahlen Raumes doppelt ausgelassen wieder.

Wir konnten nun miteinander kein Wort mehr sprechen, keinen Blick austauschen, weil Wick erschien. Er ließ uns nicht eine Minute mehr allein. Vangelistis Händedruck zuletzt - Gritli, - ach was, vielleicht bilde ich mir das nur ein ... Gell, du kommst doch? Wick will nach dem Konzert noch bei uns eine kleine Party geben. Vangelisti soll auch kommen. Ich möchte so schrecklich gern wissen, wie du ihn findest. Außerdem weißt du ja, wie wenig Geschick ich für die vielen notwendigen hausfraulichen Vorbereitungen habe. Ich brauche dich wieder einmal ganz dringend!" ...

Es war selbstverständlich, dass ich fuhr. Ich ließ alles liegen und stehen und setzte mich in den Nachtzug nach München.
Es zeigte sich, dass ich sehr nötig war, denn immer, wenn es im Hause Xylander Gäste gab, war die sonst so tüchtige Daxbergerin unpäßlich. Ich machte also meine Spezialweincreme und stellte die Getränke bereit. Dann half ich Ines bei ihrer Garderobe.
Sie hatte sich ihr Cocktailkleid aus weißem Duchesse in den Kopf gesetzt, weil sie wusste, dass es ihr am besten stand.
Doch Viktor befahl einfach: schwarz! „Du siehst aus wie eine Hochzeits-Braut. Vangelisti wird sich bedanken, wenn aller Augen auf dich gerichtet sind. Es ist sein Abend!"
Er mochte Recht haben. Befriedigt steckte er ihr zuletzt noch eine gelbe Rose neben den Ausschnitt.
In dem schwarzen Samtkleid sah sie reifer und fraulicher aus. Der tiefe Rückenausschnitt endete in einer langen Schärpe. Der Rock war lang, sehr eng und seitlich geschlitzt. Sie hob die bloßen Arme und wand noch eine Perlenschnur durch das volle Haar. Während sie einen Hauch Rouge auflegte, küßte Viktor ihre Stirn: „Jetzt sieht man es dir auch an, was in dir steckt."
Im Herkulessaal war kein Platz mehr frei.
Zum ersten Mal sah ich Vangelisti in der Öffentlichkeit, und ich muss gestehen, dass ich seine Ausstrahlung, die mich schon damals im Fernsehen beeindruckt hatte, erneut empfand. Auch wer kein ausgesprochener Musikkenner war, fühlte sich durch ihn und die Souveränität seines Vortrages sofort in einen Bannkreis gezogen. Ines begleitete ihn, als hätte sie nie etwas anderes getan. Vangelistis gesammelte Kraft, die trotz aller Leidenschaft ausgeglichen blieb, war auf sie übergegangen. Es strömte von beiden eine Übereinstimmung und in sich ruhende Festigkeit aus, dass ich überrascht war.
Als sie sich Hand in Hand verneigten, warf ich einen scheuen Seitenblick auf Viktor. Aber er beteiligte sich gleichfalls am starken Beifall. Hinter mir hörte ich eine ältere Dame sagen: „Sie sind wie geschaffen füreinander!" Dasselbe dachte auch ich.
Das Publikum wurde nicht müde, immer wieder Zugaben zu erbitten.

Schließlich spielte er noch das "Rondo capriccioso" von Saint - Saëns. Nur wenige Geiger werden es so unvergeßlich wiedergeben können wie er.

Der Applaus wollte kein Ende nehmen. Aber Vangelisti blieb dieses Mal konsequent. Er erschien ohne Geige auf dem Podium - bereits mit seinem Sommermantel bekleidet.

Einige Zeit später fand sich eine festlich gestimmte Gesellschaft von etwa zwei Dutzend Leuten im Hause Xylander ein, - meist Bekannte Viktors, aber auch junge Leute von der Hochschule. Auch Ralf Perking, Viktors Neffe, gehörte dazu. Die meisten drängten sich um Vangelisti. Kunsteifrige Stimmen umschwirrten ihn. Er hatte es nicht leicht, den ungestümen Fragen gerecht zu werden. Viktor brachte einen Toast auf seinen Ehrengast aus. Darauf erwiderte Vangelisti: „Dieser Abend war so erfolgreich, weil ich eine vorzügliche Begleiterin hatte." Und er wandte sich mit seinem Glas zu Ines. Ich sah sie an. Sie hatte ihr weißes Kleid angezogen. Sprühende Lebensfreude ging von ihr aus. Vangelisti ließ Ines nicht aus den Augen. Und ich sah, dass beider Blicke sich suchten und sich in jeder unbemerkten Minute wieder fanden. Die Gäste saßen in gemütlichen Gruppen beisammen. Die Daxbergerin schob sich gewichtig mit gestärkter Schürze dazwischen und bot Weincreme an. Mich hatte Viktor als die "Bezwingerin des Matterhorns" vorgestellt, weil er wusste, dass damit für hinreichend Gesprächsstoff gesorgt war. Er selbst setzte sich eine Weile mit Vangelisti abseits und besprach mit ihm das Berliner Programm.

Bald wussten alle, dass Vangelisti in Xylanders Konzert, anlässlich der Tschaikowsky-Feier bei den Berliner Philharmonikern mitwirken würde. Aber Viktor hatte noch eine Überraschung: „Den Mittelteil übernimmt die Pianistin Ines Hellem, die heute ihr Debüt in der Öffentlichkeit gab."

Viktor hob Ines empor und setzte sie auf den Flügel: „Als sie acht Jahre alt war, habe ich sie auch hier hinaufgehoben und gesagt, dass ich eine Pianistin aus ihr machen würde. Jetzt ist es soweit!"

Wir ließen Viktor, die strahlende Ines hoch leben. Geschickter hätte Viktor ihr den Weg in die höhere Konzertlaufbahn gar nicht ebnen können.

Dann erklang ein flotter quick-Stepp am Flügel. Viktor eröffnete mit Ines den Tanz. Es war ein Genuß, den beiden zuzusehen. In jeder Bewegung lag schwungvolle Eleganz. Neben Tennis gehörte Tanz zu Viktors Sport. Die Gäste verlangten noch mehr. Ralf Perking spielte einen Tango, und das Paar wirbelte im feurigen Rhythmus über das Parkett.

Die jungen Leute von der Hochschule versuchten ihrem Beispiel zu folgen, aber es gelang ihnen nicht, denn sie liebten die modernen Tänze. Viktor hingegen schätzte trotz seiner Sympathie für Gershwin keinen Jazz in seinen Räumen. Ich weiß nicht, wie es plötzlich kam, dass dieses ungeschriebene Verbot aufgehoben wurde. Warscheinlich war Ines fröhliche Ausgelassenheit daran schuld . Sie tanzte mit Ralf Perking den umstrittenen, vielgeliebten Boogie, unter blitzschnellen Drehungen und neckendem Werfen des Kopfes nach allen Seiten. Während Vangelisti die beiden mit sichtlichem Vergnügen verfolgte, sah Viktor mit zurückhaltender Miene zu. Er wunderte sich, dass Ines und Ralf so perfekt eingetanzt waren. „Wo habt ihr das so ausdauernd geübt?", rief er ihnen zu. „Neulich auf dem Hochschulball", gab Ines zurück, ohne ihre temperamentvollen Drehungen zu unterbrechen. „Ich hab dir doch davon erzählt, Wick. Wir tanzten bis fünf Uhr in der Früh!"

Die allgemeine Heiterkeit steigerte sich immer mehr. Viktors bester Freund, der bekannte Münchner Schriftsteller und Humorist Christian Hieber, äußerte launig: „Zwischen Ines und dem Boogie muss die Hochzeit einen Riegel schieben." Damit zog er Viktor beiseite, und mir klang so halb in den Ohren, dass Hieber ihn um nähere Angaben des Hochzeitstermines bat, denn er sei gerade dabei, Urlaubspläne zu machen.

Erhitzt vom Tanz kam Ines zu mir und schob ihren Arm unter den meinen. Wir strebten dem Garten zu. Auch Vangelisti trat mit einem Gast angeregt plaudernd hinaus. Christian Hieber kam mit Viktor auf uns zu und legte Ines fröhlich die Hand auf die Schultern: „Also schon Ende September? Nach dem Berliner Konzert?"

Verständnislos zuckte Ines mit den Schultern: „Ich weiß nicht, was du meinst." Als er deutlicher wurde, zeigte sie sich sehr überrascht: „Davon weiß ich ja gar nichts! Wick handelt einfach, ohne mich zu fragen."

Erstaunt sah Viktor Ines an: „Wir sind uns doch einig, Kind! Da gibt es keine Fragen!" Ich bemerkte, wie Ines und Vangelisti sich kurz ansahen und spürte die Traurigkeit, die sie für Sekunden überschattete.

Die junge Gesellschaft brachte es tatsächlich fertig, dass Viktor eine Viertelstunde Jazz einräumte. Jeder machte mit. Es gab ein ziemliches Durcheinander und großes Gelächter. Der Rest aller Steifheit schwand. Vangelisti forderte mich auf. Ich hatte bisher kaum ein Wort mit ihm gewechselt.

Sofort sprach ich ihn auf italienisch an, worauf er freudig einging.

Wir unterhielten uns prächtig. Es machte Spaß, uns einer Sprache bedienen zu können, die von den anderen nicht verstanden wurde. Er hielt natürlich seine Begeisterung für Ines nicht zurück und war leicht befangen, als ich den Blick, den er über meine Schultern hinweg ihr zuwarf, auffing. Verstohlen drohte ich ihm mit dem Finger und erinnerte ihn daran, dass sie ja schon in festen Händen sei. „Das weiß ich," neckte er zurück, „aber deshalb kann mir niemand verbieten, sie zu bewundern."

Nach dem Jazz, den der Hausherr nach zwanzig Minuten mit der Stoppuhr absetzte, wurden Sandwiches und Wein gereicht. Viktor war befriedigt, wie sehr sich seine Gäste bei ihm wohlfühlten. Als ich mit Vangelisti zu ihm und Ines trat, machte er mir ein Kompliment über mein Kleid. „Sie sehen besonders gut heute aus, Grit." Beschwingt hob er sein Glas gegen mich: „Wenn mich Ines nicht so mit Haut und Haaren eingefangen hätte, wären Sie die einzige Frau, die mir gefallen könnte."

Ich bemühte mich, unbefangen zu sein: „Oh, das bezweifele ich, denn ich kann ein hartnäckiger Widerspruchsgeist sein. Und das mögen Sie doch gar nicht!"

Wir wurden unterbrochen durch die Lobeshymne, die ein junges Ehepaar auf das so vorzüglich von Ines zusammengestellte kalte Büffet sang. „Sie irren sich," erklärte Ines „das stammt alles von meiner Freundin Grit. Ich eigne mich leider überhaupt nicht für die

Küche." Das nehme ich ihr nicht im geringsten übel", bekräftigte Viktor „denn ich halte für eine Künstlerin jegliche Hausarbeit als Zeitverschwendung."

Da wandte sich Vangelisti an Ines: „Umso besser werden Sie dann einmal Ihre Kinder erziehen können!"

Heftig entfuhr es Viktor: „Kinder? Woher sollten wir wohl die Zeit dafür nehmen?"

Mit einem gespannten Gesichtsausdruck wandte sich Vangelisti an Ines:

„Denken Sie auch so?"

„Natürlich wünsche ich mir Kinder," lachte sie.

Während sich Vangelistis Gesicht aufhellte, warf Viktor Ines einen zurechtweisenden Blick zu.

Ines errötete: „Ich verstehe dich nicht. Als ich noch ein kleines Mädchen war, konnte niemand netter zu mir sein als du!"

Er nahm ihre Hand und küsste sie: „Das war nicht schwer," erwiderte er leise, „denn du warst ja auch weit und breit das süßeste Mädel."

„Außerdem", sagte er zu Vangelisti und mir, „spielte sie mit acht Jahren schon Mozart-Sonaten".

Am Flügel klang ein Walzer auf. Vangelisti verneigte sich vor Ines. Ich zog mich auf meinen Platz zurück. Es machte mir Spaß, das fröhliche Treiben aus der Nähe zu betrachten.

Viktors Gesellschaften waren dafür bekannt, dass sie eine besondere Atmosphäre hatten. Trotz Flirt, Schäkereien und Ausgelassenheit blieb in dieser charmanten Stimmung doch jeder er selbst. Es lag wohl an Viktor, der trotz seiner stark hervortretenden Herrennatur sehr gastfreundlich war.

Ich sah zu Ines und Vangelisti, die mit selbstvergessener Hingabe tanzten. Sonst schien jeder beschäftigt. Christian Hieber gab am Kamin Anekdoten zum besten. Auch Viktor wandte sich dieser Gruppe zu. Viele tanzten wieder, und Ralf Perking fantasierte verhalten am Flügel. Vielleicht habe nur ich es wahrgenommen, wie Vangelisti Ines´ Hand an seine Brust zog und sie - Sekunden nur - an sich gedrückt hielt. Eine innige Gebärde, die vieles ahnen ließ. Was sie besprachen, habe ich nie erfahren. Ines deutete mir später an, dass Vangelisti das Berliner Konzert nur zugesagt habe, um sie wiederzusehen. Mich überfiel plötzlich die Angst, dass Viktor sich nach den beiden umschauen könnte, und dass Ines sich bereits in einen verwirrenden Bereich hineingewagt hatte, dem sie nicht mehr zu entfliehen vermochte. Mir stockte der Atem, als Viktor nun wirklich, wie von meinen Gedanken herbeigezogen zu ihnen hinsah, eindringlich forschend, bis sie aufmerksam wurden und zu ihm hinblickten. „Sie haben Ihr Glas ja kaum angerührt, Vangelisti," rief ihm Viktor zu, und erreichte damit, dass er Ines freigab.

„Das hat seinen Grund," erwiderte Vangelisti und erklärte, dass er noch in dieser Nacht nach Heidelberg fahren müsse, weil er übermorgen dort ein Konzert gäbe: „Wie ich Ihnen schon sagte, Herr Professor, wird mich mein Bruder hier abholen, denn wir wechseln uns am Steuer ab."

Ich hörte noch, wie ihn Viktor fragte, wo denn die junge Dame sei, die er neulich in der Hochschule mit ihm gesehen habe. Er hätte sie doch ruhig mitbringen können.

Als ihn Vangelisti lachend aufklärte, meinte Viktor nachdenklich: „Dann habe ich allerdings ganz falsche Vorstellungen gehabt."

Weiteres konnte ich nicht verstehen, denn ein Gast zog mich ins Gespräch. Ines wurde von ihren Kollegen in Beschlag genommen. Dann aber setzte sich Vangelisti noch einmal kurz zu mir.

Unaufgefordert streifte er seine nächsten Pläne. Er wollte wissen, wo ich wohnte und fragte, ob er mir vielleicht einen kurzen Besuch machen dürfe, da er bei den Musikfestspielen in Luzern mitwirke. Ich ahnte den eigentlichen Grund und sagte zu, obgleich mir nicht wohl bei dem Gedanken war, so plötzlich vom Netz eines Geheimnisses umsponnen zu sein.

Kaum war unsere Unterhaltung zu Ende, als in der Türe Vangelistis Bruder erschien. Es wurde stumm in der Halle, denn jeder schaute auf dieses imposante Brüderpaar.

War Vangelisti schon sehr hochgewachsen, so überragte ihn der ältere Bruder noch. Nur die gebräunte Haut und das dunkle Haar verieten den Italiener. Die stolze Zurückhaltung, die bei Vangelisti von einer warmen Herzlichkeit begleitet war, wurde bei Dr. van der Delft noch durch die kühle Überlegenheit des typischen Holländers unterstrichen. Neben ihm stand seine junge Frau, - apart und zierlich. Dr. van der Delft war sehr erstaunt, dass sein Bruder das Berliner Konzert festgelegt hatte. Er wandte sich an Viktor mit der Bemerkung, dass er als Arzt voller Besorgnis zusehen müsste, wie sein Bruder ein Konzert nach dem anderen annähme, ohne an eine unbedingt notwendige Pause zu denken. „Wenn er so weitermacht, ruiniert er seine bisher stabile Gesundheit. Meine Frau und ich hatten vor, ihn auf eine Urlaubsreise per Schiff nach Lissabon zu begleiten. Durch den dazwischenliegenden Termin ist dieser Plan jedoch unmöglich geworden."

Viktor sagte kurz: „Bitte, Vangelisti, noch können wir alles rückgängig machen. Entscheiden sie sich!"

Energisch wehrte Vangelisti ab: „Aber davon ist keine Rede. Wenn ich einmal etwas zugesagt habe, dann bleibt es dabei."

Er nahm seinen Bruder beiseite und sprach eine Weile italienisch beruhigend auf ihn ein. Man merkte, dass sie sich gut verstanden.

„Hat Sie Ihr Bruder überzeugen können, Herr Doktor?", fragte Ines.

„Ja, seltsamerweise bringt er das immer fertig", erwiderte der Arzt und umfing Ines mit seinem Blick. „Schon als Kind wusste er sich auf eine erstaunlich logische Art gegen uns durchzusetzten. Er machte das so geschickt, dass wir ihm nicht einmal böse sein konnten."

„Als der Jüngste hat man es nicht gerade leicht," verteidigte sich Vangelisti und erzählte uns, dass ihm sein Bruder seinen Lieblingssport - das Schifahren - verboten habe.

„Er fährt wie der Teufel," wandte sich Dr. van der Delft an Ines. „Sie sollten sehen, wie er die steilsten Hänge hinunterfegt. Vorigen Winter zog er sich bei einem Sturz einen Bänderriss am Fuß zu. Er sah selbst ein, dass ihm das gleiche an der Hand nicht passieren dürfte."

„Bei Ihrer Jugend, Vangelisti", schaltete sich Viktor unverhofft ein, „sind Verbote oft recht heilsam. Man lernt seine Grenzen besser kennen, die in Ihrem Alter gerne überschritten werden."

Die beiden Männer sahen sich an. Jeder wusste vom anderen, was gemeint war. Vangelisti ließ sich nicht beirren: "Seine Grenzen sollte man auch mit fünfundzwanzig schon kennen. Ich für meine Person kenne sie. Und wenn ich sie überschreite, so bin ich mir genau darüber im klaren, warum."

Darauf gab es nichts mehr zu sagen. Dr. van der Delft drängte zum Aufbruch. Mehrere Gäste nützten die Gelegenheit, um sich ebenfalls zu verabschieden. Ich bemerkte, dass Viktor absichtlich dicht in Ines Nähe blieb, als Vangelisti ihre Hand an seine Lippen führte.

Sein Abschied von mir war am zwanglosesten, da die anderen uns nicht verstehen konnten. Galant neigte er sich über meine Hände: „Noch nie habe ich mich fern meiner Heimat mit einer jungen Dame so perfekt in meiner Muttersprache unterhalten."

Als ich wieder zu den übrigen Gästen gehen wollte, stand Viktor neben mir: „Na, Grit, auch Feuer gefangen?"

„Wieso?", fragte ich verwundert.

„Na, diese Italiener mit ihren dunklen Augen und der verzehrenden Glut im Blick? Ihr Frauen möchtet doch versinken, wenn ihr da hineinschaut."

Ich lachte laut auf: „So schneil geht das Versinken bei mir aber nicht."

„Ich will es hoffen," meinte er voller Ironie, „die meisten deutschen Männer haben zwar weniger Glut im Augapfel, und auch die Komplimente schmelzen nicht so butterweich von der Zunge. Dafür sind sie im Ganzen beständiger. Ich weiß nicht, was besser ist."

„Die Komplimente kommen von der Sonne und der Lebensfreude", neckte ich ihn. „In dieser Hinsicht könntet ihr Deutschen schon einiges von den Südländern lernen!"

Ines kam eiligen Schrittes die Treppe herunter. Auf ihrem Gesicht zeigten sich Tränenspuren. Viktor rief ihr etwas zu, aber sie hörte es nicht.

Langsam leerte sich das Haus. Es war schon nach Mitternacht, als Ines und Viktor die letzten Gaste zur Haustüre begleiteten.

Ich hatte mir eine Zigarette angezündet und lehnte mich erschöpft zurück. Wie gut, dass ich durch Ines immer wieder aus meinen Grübeleien herausgerissen wurde. Die Erinnerungen an Albrecht und die Einsamkeit würden mich sonst manchmal erdrücken.

Ich stellte die Gläser auf ein Tablett und schickte mich an, sie in die kleine flämische Essstube neben der Halle zu tragen. Dort war ein Aufzug eingebaut, der praktisch und unauffällig Speisen und Geschirr in die Küche verschwinden ließ. Was ich dann sah, ließ meinen

Atem stocken: In der bereits verdunkelten Garderobe stand Viktor mit Ines. Er hielt sie umfangen - ganz und gar ihr zugewandt. Sie schienen vergessen zu haben, dass sie noch nicht alleine waren.
Als ich leise wieder zurückgehen wollte, klirrten die Gläser auf meinem Tablett. Die beiden lösten sich voneinander und sahen mich an.
„Unsere kleine Schweizerin muss jetzt aber auch zu Bett", sagte Viktor weich und lächelte mich an. Dann neigte er sich zu Ines, hob sie sanft hoch und trug sie langsam die Treppe hinauf. Ihr weiter Rock bauschte sich über dem knisternden, weißen Taft. Sie schlang die Arme um Viktors Hals und sah zu mir hinunter. „Gute Nacht, Gritli!" Er verschloß ihren Mund mit seinen Lippen.
Dann fiel oben die Tür ins Schloß.

Ich aber blieb noch versonnen in der Musikhalle, denn ich war viel zu angeregt, um schlafen zu können. Ich öffnete die Haustüre und ging ein paar Schritte in den Garten hinaus. Es war eine Maiennacht, lau, mondhell und durchflutet von sehnsüchtiger Romantik.
Von den alten Parkbäumen in Viktors Garten strömte eine wohltuende Stille aus. Wenn doch Ines ihre große Zuneigung zu Vangelisti in Viktors Armen vergessen könnte!

Juni und Juli vergingen. Einige Male schrieb mir Ines. Die Hochschule und das bevorstehende Konzert in Berlin nahmen sie sehr in Anspruch.

Dann kam ein Brief, - nur wenige Zeilen ...
„ ... Grit, ich kann ihn nicht vergessen. Ich muss immerzu an ihn denken, auch dann, wenn ich in Wicks Armen bin."
Zur selben Zeit rief mich Vangelisti an, - schon zum zweiten Male aus Brüssel. Ines habe ihm erzählt, dass sie mich diesen Sommer am Vierwaldstättersee besuchen möchte. Er überlege nun, ob sich ein Treffen einrichten ließe, wenn er in Luzern sei.
Erst nach diesem entscheidenden Anruf entschloß ich mich, Ines von den beiden Gesprächen telefonisch in Kenntnis zu setzen.
Sie war ganz außer sich: „Oh, Grit, ich komme! Wick muss mich fortlassen! Er wird es einsehen, dass ich vor Berlin Erholung brauche.

Außerdem ist er nächstens auf Tournee in Schweden. Da wüsste er mich bestimmt gut bei dir aufgehoben."

Heute überlege ich mir oft, ob es richtig war, wie ich damals handelte. Ich hätte ihr von der Reise zu mir abraten können. Vielleicht wäre dann alles anders geworden und das Leid nicht so tragische Wege gegangen.

Ines kam, blaß, schmal und befangen von der Erregung, Pietro Vangelisti wiederzusehen.

Gleich bei ihrer Ankunft fand sie einige Zeilen von ihm vor: „Es will mir nicht gelingen, Sie zu vergessen. Darf ich hoffen, Sie nach meinem Konzert in Luzern zu sehen?"

Am nächsten Abend kam ein Ferngespräch aus Toulouse. Die Verbindung war sehr schlecht, aber Vangelisti hatte so viel verstanden, dass Ines kommen würde.

„Noch sieben Tage, Grit!", freute sie sich. „Was soll ich tun, damit sie schneller vergehen?"

Ich versuchte, es ihr so schön wie möglich zu machen.

Das herrliche Wetter hielt an. Morgens frühstückten wir bereits im Badeanzug auf meiner Terrasse. Am Vormittag fuhren wir mit dem Kahn hinaus auf den See. Niemand sah uns. Wir konnten uns so sonnen, wie wir geschaffen waren. Ines wurde am ganzen Körper braun. Ich bewunderte ihren makellosen Wuchs und merkte, wie sie täglich mehr aufblühte.

Einmal sagte sie zu mir, als wir uns mit weitausholenden Zügen schwimmend vom Ufer entfernt hatten: „Es müsste unbeschreiblich sein, von ihm ein Kind zu haben, Grit!"

„Wünscht du dir denn keines von Viktor?", fragte ich. „Er will ja keine Kinder haben. Nach all den Fehlschlägen mit Herta kann ich das natürlich verstehen, aber ich könnte es mir auch nie vorstellen, Gritli!"

Zurückgekehrt, hatten wir beide herzhaften Appetit auf das von mir schmackhaft zubereitete Essen.

„Seit Monaten hat es mir nicht so gut geschmeckt," gestand Ines vergnügt. „Wick schreibt mir immer genau vor, wieviel ich essen darf, damit ich ja nicht ein Gramm zunehme. Eben das, was er selber

macht, verlangt er auch von anderen. Du glaubst nicht, wie ich es ge-
nieße, dass ich mal tun und lassen kann, was ich möchte."
Nachmittags fuhren wir öfter nach Luzern. Ich bemerkte unterwegs
bewundernde Männerblicke für Ines. Ihre aparte, zurückhaltende Erscheinung schirmte sie jedoch von zweifelhaften, lästigen Typen ab.
Jetzt aber schien sie blind für jedwede Blicke, beflügelt von dem einzigen Gedanken an das Wiedersehen mit Vangelisti.
Unvergeßlich waren mir die Abende. Ines saß an meinem Flügel und
übte für Berlin: Tschaikowsky b - moll! Sie hatte in diesen Tagen Sonnen - und Wasserenergien in sich gesammelt, um der Wucht dieses
überwältigenden Konzertes gewachsen zu sein.
Ich saß lauschend auf der Terrasse und ließ die Türe immer einen
Spalt offen. Meine kleine Lampe breitete einen warmen, von Nacht-
faltern umkosten Kreis vor mir aus. Ich las, schrieb, oder hörte wie
meine Nachbarn mit zu.
Dann aber kam ein Anruf von Viktor. Er sagte Ines, dass er ihr entgegenfahren wolle. Er könne sich ein paar Tage freimachen und nicht
mehr länger ohne sie sein. Er bat sie, zwei Tage eher abzufahren, um
sich mit ihm in Konstanz zu treffen. Und er nannte das Hotel, wo er
vor eineinhalb Jahren Ines noch rechtzeitig auf ihrer Flucht getroffen
hatte.
Ich eilte hinzu, weil ich sah, dass Ines erbleichte. Zwei Tage eher abreisen? Das bedeutete also morgen, noch vor dem Konzert in Luzern!
Selten sah ich Ines so energisch. „Aber Wick, das geht nicht. Wir haben hier eine Einladung, auf die ich mich schon lange freue. Sie kann
nicht abgesagt werden!"
Viktor antwortete, dass er bereits Zimmer bestellt habe und deshalb
Grit bitten würde, die Einladung abzusagen. Er erwarte Ines am morgigen Abend.
Das Gespräch wurde unterbrochen. Eine Weile standen wir beide
sprachlos. „Ich werde nicht fahren", brach Ines das Schweigen.
„Unter keinen Umständen verzichte ich auf den Abend mit Pietro.
Und wenn Wick Himmel und Hölle heraufbeschwört! Zwölf Jahre habe ich immer das getan, was er wollte. Jetzt tue ich einmal das, was
ich will."
Und dabei blieb es, trotz meiner Bedenken und Einwände.

Ines schickte ein Telegramm an Viktor, damit er nicht vergeblich warten sollte. Sie schickte es jedoch so ab, dass er ihre Nachricht erst während des Konzertes erhalten konnte. „Sonst kommt er womöglich noch mitten in Pietros Spiel hineingeplatzt, und ich kann dann wieder kein Wort mit ihm allein sprechen." Während nun Viktor vergeblich in Konstanz auf Ines wartete, saßen wir in Vangelistis Konzert.

Er entdeckte uns sofort und schenkte Ines einen strahlenden Blick. Sein Spiel galt nur ihr, - vollkommen bis in die letzten Feinheiten. Ich empfand ähnlich wie Ines, die ihre Tränen nicht verbergen konnte.

Nach dem Konzert trafen wir ihn in ernstem Gespräch mit einer jungen Dame im Künstlerzimmer. Sofort kam er freudig auf uns zu und stellte sie vor. Sie hatte einen romanisch klingenden Namen, ein hübsches, intelligentes Gesicht und war vielleicht Anfang Zwanzig. Mit stolz zurückgeworfenem Kopf musterte sie Ines und mich. Vangelisti erklärte ihr halblaut auf französisch, dass er heute nicht frei wäre, sie möge es ihm nicht übel nehmen. Sie verabschiedete sich sehr kurz. Als sie fort war, wandte er sich an Ines: „Wissen Sie, dass ich mich wie ein Kind auf diesen Abend gefreut habe? Als Junge hatte ich einen Kalender mit vielen Fenstern. Hinter jedem war ein Musikinstrument. Manuel hatte ihn mir gemalt. Sobald ich wusste, dass ich zu ihm fahren durfte, machte ich vor dem Einschlafen ein Fenster auf. Wenn sie alle geöffnet waren, schien es mir, als spielten sämtliche Instrumente einen Freudenhymnus, denn ich durfte abreisen. Genauso war mir heute zumute, als ich Sie im Konzertsaal sitzen sah."

Er nahm meine Hand und führte sie an seine Lippen. „Ines sieht ja prächtig aus. Ich sehe, wie gut es ihr bei Ihnen geht."

Während er im Nebenzimmer rasch seinen Frack mit einem hellgrauen, sehr gut sitzenden Sommeranzug vertauschte, flüsterte mir Ines zu: „Wer wohl die schwarzhaarige Französin war? Sie ist bestimmt sehr verliebt in ihn."

Dann gingen wir mit Vangelisti hinaus vor die Konzerthalle. „Mio diabolo rosso steht uns zur Verfügung," deutete er lachend auf seinen Alfa Romeo. Eine Welle Schaulustiger und Autogrammjäger wogte zu beiden Seiten des Wagens. Blitzlichter flammten auf. Erst, als sich die Brandung der Neugier etwas beruhigt hatte, verabschiedete ich mich unter dem Vorwand, meine Luzerner Freunde treffen zu wollen. Ines warf mir Kusshände zu, und Vangelisti dankte mir, dass ich ihm Ines überließ.

Ich bummelte durch die Bahnhofstraße zur alten Kapellbrücke mit ihrem angestrahlten, wuchtigen Wasserturm. Unter mir, breit und dunkel, floß die Reuß. Am Rathhausquai, dem schönsten Platz Luzerns betrat ich ein Mövenpick, wo ich auch wirklich Bekannte traf.

Wir saßen noch ein Stündchen zusammen. Dann schlenderte ich am erleuchteten Rathhaus vorbei über die Seebrücke zurück.

Die ganze Stadt trank den Silberglanz einer sommerseligen Sternennacht. Sie tauchte ihr Leuchten hinein in den See, bis ihn die dunklen Berge umfingen.

Der Mond hing über dem Pilatus, diesem vielzackigen Kalkklotz, zu dem die steilste Bergbahn der Welt hinauffährt.

Als Kind hatte ich mich gefürchtet, wenn von den schauerlichen Ungeheuern und spukenden Geistwesen erzählt wurde, die auf diesem sagenumwobenen Berg ihr Unwesen getrieben haben sollen.

Dann näherte ich mich Weggis, meinem geliebten "Rosendorf", von der Rigi beschirmt, der „Königin der Berge", wo ich mein erstes Rendevous mit Albrecht hatte. Als er mich damals zu meinen Eltern zurückbrachte, wußten wir, daß wir heiraten würden.

Doch die Erinnerungen taten weh.

Ich überlegte mir, was ich machen würde, wenn Viktor anriefe. Hatte ich doch völlig vergessen, mit Ines darüber zu sprechen. Und richtig! Kaum hatte ich den Wagen in der Garage, schrillte schon das Telefon. Ich zögerte hinzugehen, denn ich spürte, daß es Viktor sein müßte!

Er war hartnäckig! Nach einer Viertelstunde läutete es wieder. Ich nahm den Hörer nicht ab.

Ich machte sämtliche Lichter an, holte meine Langspielplatten hervor, die ich von Vangelistis Konzerten hatte, und setzte mich in meine Couchecke. Als ich etwas später den Saphirarm in Bewegung setzte, klingelte es wieder.

Es war kurz vor Mitternacht. Mir war nicht wohl zumute, - nachts in einem einsamen Haus, allein mit einem antwortfordernden Telefon. Ich kam mir feige vor. In Gedanken sah ich Viktor, wie er mit ungeduldigen Schritten umherging und im Hotel wahrscheinlich alles auf den Kopf stellte.

Bisher hat er immer seinen Willen bekommen, dachte ich trotzig. Es ging ebenso um Ines´ Glück.

Ich hatte es vermieden, Ines zu gestehen, dass mir Vangelisti sehr gut gefiel. Bin ich doch sehr abwartend in der Beurteilung eines Menschen, besonders dann, wenn gleich der erste Eindruck so gewinnend war. Ines selber hatte noch heute trotz ihrer Begeisterung für Vangelisti geäußert, dass sie ihn einmal als Mensch - ohne Konzertatmosphäre - kennenlernen möchte. Erst dann könne sie beurteilen, ob sie es wagen dürfte, ihn über Viktor zu stellen.

Als das Telefon abermals schrillte, stellte ich den Plattenspieler so laut, dass Vangelistis Geige in ihrem triumphalen Gesang Siegerin blieb. Voller Genuß hörte ich mir das Programm des heutigen Abends nochmals an. Dann ging ich zu Bett.

Ich war eingeschlafen und erwachte gegen vier Uhr morgens durch das Geräusch eines vorfahrenden Wagens. Ich horchte, ob sich der Schlüssel im Schloß bewegte. Es verging jedoch noch eine gute Stunde, ehe sich die Haustüre öffnete. Ines! Sie musste mein Licht gesehen haben. Am Motorgeräusch hörte ich, dass Vangelisti fortfuhr.

Dann stand Ines in meinem Zimmer. Rasch überflog ich ihre Gestalt in dem gelben Kleid aus Baseler Stickerei, das ihre braune Haut so warm hervorhob. Nachdenklich legte sie den weißen Sommerhut beiseite. Wir sahen uns an. Sie brauchte mir kein Wort zu sagen, denn ich las in ihrem Gesicht. Sie setzte sich auf meinen Bettrand und ergriff meine Hände: „Oh, Grit, dass das Leben so schön sein kann! Darf ich dir noch ein bißchen Schlaf rauben?"

„Ja, natürlich!", lachte ich froh, „ich bin doch so gespannt." Und sie fing an zu erzählen, mit einer Stimme, so taufrisch, wie der draußen erwachende Sommertag.

„Weißt du, Gritli, wie er seinen diabolo rosso steuert? Zuerst war ich ziemlich erschrocken, denn Pietro fährt wie der Blitz! Jeden Augenblick rechnete ich mit einem Unfall. In Luzern war ja alles noch auf den Beinen. Aber in seinem Gesicht war nicht die geringste Anspannung zu sehen. Er fährt mit dieser unglaublichen Geistesgegenwart, die uns Deutschen immer an den Romanen auffällt.

Als er merkte, wie still ich war, nahm er meine Hand und steuerte mit der anderen genauso temperamentvoll weiter. „Es passiert nichts, Ines, dazu ist mir der Abend mit Ihnen viel zu kostbar. Immerhin fahre ich nicht ganz so verrückt wie einige in Italien. Sie sollten meinen zweitältesten Bruder Tassilo erleben. Das wird sogar mir manchmal zu viel."

Er lachte sein ausgelassenes Jungenlachen, das ich so gern an ihm mag.

Als wir Luzern hinter uns ließen, hatte ich mich langsam an seine zügige Fahrerei gewöhnt. Natürlich fragte ich ihn nach der jungen Dame, die nun um meinetwillen einen Korb bekommen hatte. „Damit musste sie ohnehin eines Tages rechnen", erklärte er mir, „denn ich bin ihr in keiner Weise verpflichtet, noch habe ich ihr jemals etwas versprochen. Ich mag sie gern, denn sie ist intelligent und trotzdem weiblich. Aber sie macht den Fehler, den leider die meisten begehen: sie wollen mehr von mir als ich von ihnen. Wenn ich das merke, gehe ich lieber alleine ein besonders tiefgekühltes Torroncino essen!"

Nach dem Scherz wurde er schnell wieder ernst. „Manuel, der sehr glücklich verheiratet war, sagte zu mir: Wenn, dann entscheide dich für eine einzige. Aber deine künftige Frau muss dir und deiner Kunst ebenbürtig sein."

Ohne mich dabei anzusehen, als wäre ich gar nicht daran beteiligt, sagte er zu mir: „Diese eine einzige habe ich gefunden, - aber sie gehört einem anderen." Als ich schwieg, lenkte er rasch ab und sang ein Loblied auf dich, Grit. Er sagte, dass du eine tolle Frau bist und bestimmt nicht lange allein bleibst.

Ich bin immer wieder beeindruckt von seinem Wesen, seinem Humor, - als Künstler keine Spur von Weltfremdheit. Ich sagte es ihm. „Die meisten meinen von mir, ich wäre ein Träumer", antwortete er, „sie meinen, ich stehe dem Himmel näher, als der Erde. Aber da sorgt schon das schwere holländische Blut in mir dafür, dass ich hübsch sachlich und erdverbunden bleibe."

Er erzählte mir auch, dass schon von Kind an sein Hobby, neben der Musik, Sprachen waren. „Wenn meinen Händen mal etwas zustoßen würde, könnte ich mich damit durchschlagen. Seit einem Jahr lerne ich russisch, denn Anfragen aus Moskau liegen schon vor."

Dann kamen wir bei einem idyllisch gelegenen Weinlokal an, das du mir empfohlen hast. Die Gäste saßen draußen in Lauben unter bunten Lampen. Eine Zigeunerkapelle spielte.

Wir fanden noch einen kleinen Tisch für uns allein. Erst, als wir uns gegenübersaßen und uns ansahen, wurde uns das so mühsam erkämpfte und nun endlich geglückte Beisammensein bewusst. Pietro nahm meine Hände und hielt sie fest. Es war unvermeidlich, dass er nach Wick fragte. Ich sagte, dass er mich morgen zurückerwartete. Nach einer Weile des Schweigens, gab er mir seine Armbanduhr und bat mich, auch die meinige abzulegen.

„Sind Sie einverstanden, dass wir für ein paar Stunden mal keine Uhr ansehen?"

„Wir aßen Fondue und tranken ein Gläschen Wein. Die Weisen der Zigeuner, der leise plätschernde See und die warme windstille Nacht ließen uns bald vertrauter miteinander werden. Ich kam sehr bald in die beschwingte Stimmung wie damals auf unserer Party. Pietro verwandelte mich in die Ines, die ich wirklich bin, in die Ines, wie sie sich sonst nur beim Spiel am Flügel zeigt.

Oh, Grit, ich erglühte unter den Worten, die er mir sagte. Wir tanzten und lachten, und ich vergaß, dass Wick auf mich wartete und dass noch ein Morgen kommen würde.

Unter den anderen Gästen herrschte ebenfalls eine sehr fröhliche Stimmung. In unserer Nähe ging es an einem Tisch besonders lebhaft zu. Es schien eine italienische Reisegesellschaft zu sein. Immer häufiger blickten die Leute zu uns herüber. Und plötzlich kam ein älterer Herr auf Pietro zu. Er erkannte in ihm einen seiner Lehrer aus Siena.

Es gab eine sehr schwungvolle Begrüßung. Im Nu wurde Pietros Name immer lauter gerufen. Die ganze Tischrunde bestürmte ihn, etwas vorzuspielen. Er wehrte erst sehr resolut ab: „... außerdem habe ich Wein getrunken... und keine Geige!"

„Nur ein halbes Glas", lachte ich ihm zu. Der Zigeunerprimas bot ihm sein Instrument und die passenden Noten mit Begleitung dazu, an. Pietro prüfte die Geige und ich beobachtete belustigt die knisternde Spannung der Gäste.

Pietro spielte die Zigeunerweisen von Sarasate, - so mitreißend, dass die Leute wie toll waren. Sie wollten noch einmal dasselbe hören, - sie verlangten nach mehr! Da winkte mir Pietro zu, dass ich ihn begleiten sollte.

So verhalten wie möglich versuchte ich aus dem alten Klavier das Beste herrauszuholen. Bald standen alle auf, um uns besser zu sehen. Als Pietro die Tzigane von Ravel zugegeben hatte, riefen die Italiener seinen Namen in die Nacht und waren kaum zu beruhigen. Zum Schluss spielte er noch Paganini, ein Stück von zauberischer Hexerei und einem Piano, das den Atem nahm. Stell' dir vor, Grit, diese Italiener waren so verrückt, dass sie uns zu Pietros Wagen auf den Armen hinaustrugen. Die Männer warfen mir in ihrer Weinseligkeit Kusshände zu, und der Professor aus Siena begeisterte sich: „Dieses Vibrato, Maestro, hatten Sie damals noch nicht. Ich kann mir schon denken, welch zarte Hand Ihr Saitenspiel führt." Wohlwollend sah er mich an. Pietro übersetzte mir seine Worte. Während er den diabolo rosso anließ, umstand uns die ganze Gesellschaft noch mit Winken und Stimmengewirr. Der Zigeunerprimas hielt mit überschwenglicher Gebärde seine Geige vor Pietros Augen und drückte wie beschwörend die Hand an sein Herz.

Dann war dieses unvorhergesehene Intermezzo vorbei. Eine Weile fuhren wir schweigend.

Oben auf der Anhöhe hielt Pietro an. Er stieg aus und öffnete mir die Tür. Als er mir die Hand gab, - da war es plötzlich um uns geschehen!"

Ines schwieg.

Erinnerungsversunken stützte sie den Kopf in die Hände.

Leise sprach ich zu ihr: „Ich kann mir wohl denken, wie schön es war!"

Ihr Gesicht leuchtete, als sie ausrief: „Schön? Nein, Gritli, das ist viel zu wenig. Es war unbeschreiblich!"

Und zärtlich fuhr sie fort: „Ich höre noch seine Worte, die er zu mir sagte: „Ich bin dein! - Restlos! - Vom ersten Augenblick an!"

Zuerst haben wir nur geschwiegen, - haben nur die Stille ringsum und uns selbst gespürt.

Dann aber bestürmte mich Pietro mit Fragen. Du glaubst ja nicht, was er alles wissen wollte. Es war mir ein Zeichen, wie sehr er sich in Gedanken mit mir beschäftigte.

Wir gingen einen romantischen Weg, immer den See zu unseren Füßen. Der Mond leuchtete voll auf jeden Baum, jeden Strauch. Denk dir, Grit, Pietro weihte mich ein in einen tollkühnen Plan, den er schon lange mit sich herumträgt: er will mich mit nach Lissabon nehmen!"

Ich war bestürzt, aber Ines ließ mich nicht zu Worte kommen.

„Ich soll in Lissabon in seinem Konzert spielen, Grit! Das Klavierkonzert von Schumann, das ihm damals so gut gefiel.

Pietros Bruder und dessen junge Frau würden uns in Lissabon erwarten. Sie sollen unsere Trauzeugen sein, denn wir wollen drüben heiraten. Du glaubst ja nicht, wie Pietro in seinem überschäumenden Temperament mir die dortigen Tage vor Augen führte: „Nach dem Konzert kann ich drei Wochen Ferien machen, Ines! Drei Wochen! Wir werden zu den Kanarischen Inseln fliegen. Und dann, Liebstes? Ich glaube bestimmt, dass du dich in meiner kleinen Mailänder Wohnung wohlfühlen wirst. Wenn wir einmal Kinder haben, werden wir uns eine größere suchen!"

Der Schalk blitzte mich bei diesen Worten aus seinen Augen an. Ungeduldig wollte er wissen, was ich zu seinem Plan meinte. Ich war noch ganz benommen und gestand, dass mir alles noch so neu sei. Er trug mich zu seinem diabolo rosso zurück und wir stiegen ein, ohne zunächst weiter zu fahren."

Da aber musste ich Ines unterbrechen: „Und was sagte Vangelistis Bruder zu diesen Ideen? Dieser Doktor van der Delft machte mir einen sehr besonnenen Eindruck. Ich kann mir nicht denken, dass er die Pläne seines jüngsten Bruders so bedenkenlos unterstützt."

„Nun ja, sein Bruder Enrico hält ihn für ziemlich verrückt, weil er sich ausgerechnet Professor Xylander als Rivalen ausgesucht hat. Pietro erzählte mir, wie sehr ihn sein Bruder auf der Fahrt nach Heidelberg, damals nach unserer Party, bearbeitet hat, mich zu vergessen. Enrico van der Delft ist der Meinung, dass Wick mich niemals freigibt. Außerdem findet er, dass Pietro allein die Tatsache meines Verlöbnisses genügen müsse, um keine weiteren Gedanken an mich zu verschwenden."

„Enrico ist eben anders als ich. Er riskiert alles, wenn es um einen kranken Körper geht, aber im persönlichen Leben liebt er nur klare Verhältnisse. Mich hat noch nie das gereizt, was so leicht zu haben ist. Ich finde, man weiß einen Besitz wirklich erst zu schätzen, wenn man sich ihn hat erringen müssen."

Damit waren wir beim schwierigsten Thema angekommen: wie würde sich Viktor verhalten?

„Dieses verflixte Konzert", wetterte Pietro, „Warum, zum Kuckuck, habe ich es auch annehmen müssen. Ich bin nicht im geringsten darauf angewiesen. Es wäre viel einfacher, wenn wir beide diesen Termin nicht hätten."

Er war auf einmal so ernst, dass ich ihm beschwichtigend über sein Haar fuhr: „Ich werde ihm morgen alles sagen!"

Doch erst als ich dies ausgesprochen hatte, wurde mir klar, was ich damit anrichten würde.

„Es wird furchtbar schwer werden", seufzte ich, „Ich habe noch gar keine Vorstellung davon, wie ich es ihm überhaupt beibringen soll."

Pietro erwiderte scharf, er fände es vermessen, dass Professor Xylander glaube, er könne mich sein ganzes Leben an sich binden. Mit siebzehn Jahren sei man einfach noch nicht fähig, die ganze Tragweite eines Versprechens, wie ich es ihm damals gegeben hatte, zu erkennen. Außerdem habe mir die Mutter, oder der Rat einer erfahrenen mütterlichen Frau gefehlt. Es sei zu bedauerlich, dass ich mich zu jener Zeit dir, Grit, nicht anvertraut habe.

„Wenn er dich wirklich liebt, wird er dich freigeben, Ines. Er hat bis jetzt noch keine Gelegenheit gehabt, zu beweisen, dass ihm dein Glück über das seine geht."

„Wir sahen, dass unsere Sternennacht langsam in der nahen Morgendämmerung verblasste. Pietro ließ den Motor an und schweigend fuhren wir bis draußen vor dein Rondell.

Wir stiegen noch nicht aus, denn wir konnten nicht voneinander lassen. Jeder fürchtete sich vor dem Abschied. Was gab er mir noch für

Ratschläge und zuversichtliche Worte!
Ich musste mich von ihm losreißen. Noch wenige Minuten mehr in seiner Nähe hätten mich alles, alles vergessen lassen."
Ines Erzählung war zu Ende.
Draußen vor meinem Fenster brachten uns die Vögel ein Morgenständchen.
Das erste Schiff tutete.
Wir sprachen nicht viel. Ich wollte absichtlich nichts sagen, was den Traum dieser Nacht gestört hätte.

Vergebens zwang ich mich, einzuschlafen. In Gedanken reihten sich die Bilder der schicksalhaften Begegnung zwischen Ines und Vangelisti vor meinen Augen. Begonnen beim ersten Aufmerksamwerden durch den Fernsehschirm, dem Kennenlernen in der Wirklichkeit, der gefühlsschweren Party, bis zu dieser
bedeutungsvollen Nacht.
Wie aber sollte es jetzt weitergehen? Und Vangelistis Vorschläge mit Lissabon? Ich zermarterte mir den Kopf, welchen Rat ich ihr geben sollte.
Da schreckte ich durch das Telefon auf. Ich lief sofort hin, damit Ines nicht geweckt wurde. Unwillig fuhr mir Viktors Stimme entgegen: „Was ist denn eigentlich mit Ines?", schrie er mich an. „Geht denn bei euch kein Mensch ans Telefon? Bis zwei Uhr nachts versuchte ich euch zu erreichen!"
„Wenn Sie so laut schreien, kann ich nichts verstehen," rief ich wütend zurück, weil ich ein schlechtes Gewissen hatte. „Ines schläft. Ich möchte sie jetzt nicht aufwecken. Haben Sie das Telegramm nicht bekommen?"
Sofort wurde seine Stimme ruhiger. Er bejahte meine Frage und meinte, es sei trotzdem keine Art und Weise, ihn in Konstanz warten zu lassen. Er wollte Ines nach Zürich entgegenfahren und erwarte sie dort am Spätnachmittag.
„Ich selbst werde Ines mit meinem Wagen hinbringen."
Wir verabredeten uns im "Grünen Heinrich".
Nachdem er nochmals betont hatte, dass er nicht eine Stunde länger warten wolle, war unser Gespräch zu Ende.

Ein heftiges Herzklopfen überfiel mich. Mechanisch nahm ich Milch und Brötchen aus dem Netz vor meiner Haustür und stellte die Milch in den Kühlschrank. Dann schlüpfte ich ins Bett zurück, denn es war erst halb sieben Uhr.

Meine Bedrängnis wurde durch dieses Gespräch keineswegs beseitigt. Ich grübelte und grübelte ...

Zwei Stunden späiter klingelte es wieder: Es war Pietro!

Als ich ihm sagte, dass Ines noch schlief, bat er mich, sie ja nicht zu wecken. Er müsse noch heute zu einem Konzert nach Mailand fahren. Aber ich möchte Ines etwas bestellen. Er wirkte befangen: „Sagen Sie ihr, sie soll nicht traurig sein. Ines soll an den Augenblick denken, welcher der entscheidenste und schönste zwischen uns war."

Es ergab sich ganz von selbst, dass er zum Schluss einfach „Grit" sagte.

Ines schlief so fest, dass sie nicht einmal das Wettrennen der Wellenreiter auf dem See hörte. Als sie mittags erwachte, brachte ich ihr das Frühstück ans Bett und teilte ihr Pietros Anruf mit. Ihre Freude darüber war so groß, dass sie weder Gedanken noch Fragen für Viktor hatte.

Erst als wir uns im kühlen See erfrischt hatten und Ines in ihr schulterfreies Strandkleid geschlüpft war, überkam es sie plötzlich: „Ich muss ja fort, Grit! Heute noch! Hat Wick denn nicht angerufen?"

Daraufhin erzählte ich ihr von den vielen, vergeblichen Klingeleien in der Nacht und dem Gespräch am Morgen. In sich gekehrt und freudlos packte sie ihren Koffer, - und dann fuhren wir nach Zürich.

Unterwegs wurden wir uns darüber einig, dass Ines wieder zu mir zurückkehren sollte, sobald Viktor die neuen Ereignisse erfahren hatte. Sie nahm sich vor, ihn um eine Trennungszeit zu bitten, in der sie sich dann endgültig entscheiden würde.

Je näher wir jedoch Zürich kamen, desto verzagter wurde sie. „Wenn ich ihm gegenüberstehe, wird alles wieder so sein wie damals in Konstanz. Ich habe die besten Vorsätze, die sich aber unter seinem Blick oder nur bei einem Wort von ihm in Nichts verwandeln."

Zum ersten Mal wurde ich ernstlich böse: „Dann begib dich eben wieder in die problematische Zweisamkeit eines Hotelzimmers mit ihm. Wenn du jetzt nachgibst, kannst du nicht mehr zurück. Ich will weder für Viktor noch für Pietro sprechen. Habe ich es doch nicht vergessen, was du an deinem Verlobungstag zu mir sagtest. Du redest nur immer davon, was Viktor für dich getan hat und dass du ihm deshalb dein Leben lang dankbar sein musst. Du hast ihm ja dafür auch dich selbst gegeben. Das ist weiß Gott eine kostbare Gegengabe."

Ines sah mich scheu von der Seite an. Sie war es nicht gewöhnt, mich zornig zu sehen.

Fast im Schritt fuhr ich den Limmatquai entlang, um Ines noch Zeit zum Nachdenken zu lassen. Die Sonne war schon über dem Zürichsee untergegangen, und vom Großmünster hörten wir das Abendläuten. In einer Seitenstraße des Bellvueplatzes parkten wir. Plötzlich rief Ines: „Dort drüben steht sein dunkelblauer Mercedes! Er ist schon da!"

Im "Grünen Heinrich" begrüßte uns Viktor zurückhaltend. Dann aber nahm er Ines Kopf zwischen beide Hände und sah sie mit ernstem Lächeln an: „Du hast also deinen züküftigen Mann einfach warten lassen. Eine ausgedehnte Einladung deiner Freundin ist dir wichtiger gewesen!"

Ines entgegnete nichts, denn die Bedienung kam, um uns beim Ablegen behilflich zu sein. Als Ines ihren leichten Sommermantel auszog, überflog Viktor prüfend ihre Gestalt: „Sie haben Ines viel zu gut gefüttert, Grit! Sie hat ein paar Pfund zugenommen!"

„Es hat mir eben einmal Spaß gemacht, zu essen, was mir schmeckt.",wehrte sich Ines heftig.

Erstaunt fragte Viktor: „Was ist denn in dich gefahren, Kind? So kenne ich dich ja gar nicht! Was hat sie denn, Grit?"

„Setzen wir uns doch erst!" bat ich.

Er nahm Ines´ Hand: „Anscheinend habe ich dich doch zu lange allein gelassen. Obwohl es nur zwei Tage waren, konnte ich es in unserem leeren Haus nicht mehr aushalten. Trotz meiner vielen Arbeit habe ich abends immer gedacht, du müsstest zur Türe hereinkommen." Er wandte sich mir zu: „Das nächste Mal müssen Sie mich mit einladen, Grit!"

Es konnte ihm nicht entgehen, wie bedrückt wir waren. Vielleicht neigte er sich gerade deshalb in etwas aufgeräumterer Stimmung mir zu: „Heute will ich es aber nicht wieder vergessen, dass wir uns endlich duzen. Es ist merkwürdig, dass wir oft die nächstliegendsten Dinge vergessen."

Als der Ober den Wein brachte, tranken wir darauf. Es war der Augenblick, auf den ich schon lange gewartet hatte, und bei dem ich nun keine rechte Freude empfand.

Wir sprachen dann von belanglosen Dingen. Ines war auffallend schweigsam. Meine Gegenwart war daran schuld, dass Viktor ihr nicht näher kommen konnte.

„Hättet ihr Lust, noch in einen guten Film zu gehen?" fragte er schließlich. „Hier läuft irgendwo "Die Brücke am Kwai". Jeder spricht davon. Ich werde mal in der "Zürcher" nachsehen."

Er wartete unsere Antwort gar nicht ab, sondern setzte seine große Hornbrille auf, die sein energisches Gesicht noch interessanter machte. Ich warf einen kurzen Blick auf die gepflegte Eleganz seines beigefarbenen Anzugs aus bestem englischen Stoff und das schneeweiße Hemd darunter. Durch Ines wusste ich, wie pedantisch er mit seiner Kleidung war.

Viktor sah nicht von der Zeitung auf. Irgend etwas schien ihn besonders zu fesseln. Die steile Falte in seiner hohen Stirn vertiefte sich, und überrascht rief er aus: „Die Musikfestspiele in Luzern!

Daran habe ich ja überhaupt nicht mehr gedacht. Vangelisti wollte doch auch dort spielen? - Aha, hier ist noch eine ausführliche Kritik über ihn . --- Das wird er aber nicht lange durchhalten können: Wieder drei Violinkonzerte an einem Abend! Spohr, Bartok, Mendelsohn! Eine hervorragende Kritik! - Habt ihr das denn nicht gewusst? Es hätte mich brennend interessiert, wie er zum Beispiel den Bartok gebracht hat. Und hier - unterm Strich - steht noch was über ihn." Gespannt las Viktor den Artikel, während mich Ines verstohlen von der Seite anstieß. Seine Augen wurden plötzlich schmal.

Durchdringend sah er Ines an, doch sie kam seiner Frage zuvor: „Grit und ich waren in seinem Konzert."

„War das die Einladung, derentwegen ich vergeblich in Konstanz auf dich gewartet habe?"

Ines schwieg. Es klang fast drohend, als er hinzufügte: „Und hier, In-

es, lies mal!" Er deutete auf den Zeitungsausschnitt. Es stand darin, dass Vangelisti nach dem Konzert in Luzern, in einem Weinlokal bei Weggis, in ausgelassener Stimmung vor einem begeisterten Publikum auf der Geige eines Ungarn die Zigeunerweisen und andere Bravourstücke zum besten gegeben hatte. Seine Begleiterin, eine junge, bildhübsche Pianistin aus Deutschland, habe sich seinem Spiel temperamentvoll angepasst. Das junge Paar sei gefeiert worden, wie man es in unserer Zeit nur noch selten so echt und urwüchsig erlebe. - Ines zögerte nicht: „Die Begleiterin - war ich."
Sie gab die Zeitung an mich weiter. Viktor war für Sekunden sprachlos. Dann fragte er mich: „Warst du auch dabei, Grit?"
Ich erwiderte, dass ich nach dem Konzert mit Bekannten zusammengewesen sei. Natürlich wusste ich genau, welche Frage jetzt kommen würde. „Warst du zu Hause, als ich wiederholt anrief?"
Zögernd nippte ich an meinem Glas, um ihn nicht ansehen zu müssen. „Ja, aber ich ging nicht hin, weil ich müde war und keine Lust hatte."
Noch ehe er etwas entgegnen konnte, fiel ihm Ines ins Wort. Nie habe ich sie überzeugender erlebt als in diesem entscheidenden Augenblick: „Ich muss dir etwas sagen, Wick! Wir lieben uns, Pietro Vangelisti und ich!"
Viktor war wie erstarrt, - als habe er einen tödlichen Schlag erhalten. Seine Hände krampften sich zusammen. Es dauerte eine Weile, bis er sich fasste. Ich spürte, wie er sich jedes Wort mühsam abringen musste: „Hast du dir das gut überlegt, was du mir da sagst? Ganz gut überlegt? Das kann doch nur eine Schwärmerei sein, Kind, die vorübergeht. Du kennst ihn doch kaum."

„Er hat mir sofort sehr gefallen, Wick. Bei ihm war es genauso." „Ich kann mir denken, dass er mit seiner Erscheinung, seinem Spiel viel Frauen betört, aber ich kann es mir nicht vorstellen, dass auch du dazu gehören sollst."
„Aber ich bitte dich, Wick", wehrte sich Ines, „ich würde jetzt nie so zu dir sprechen, wenn wir beide es nicht sehr ernst miteinander meinen würden!"
Viktors Stimme wurde scharf: „Wann hat er dich gestern zu Grit

heimgebracht?" Ines antwortete nicht, aber sie sah ihn voll an.

Und ich war Zeugin, wie er minutenlang Auge in Auge mit ihr verharrte. Ich bewunderte die Kraft, die in Ines ruhte. Sie senkte ihren Blick nicht.

Als Viktor endlich wieder sprach, schien er gefaßter: „Zwischen uns ist in den ganzen elf Jahren nie eine Lüge gewesen. Du wirst ihn vergessen, Ines. Was du und ich erlebt haben, dass lässt sich nicht durch eine romantische Begegnung auslöschen. Du weißt genau, dass wir füreinander bestimmt sind." Schweigend aßen wir Abendbrot. Von einem Filmbesuch war keine Rede mehr. Ines stand auf und sagte, sie käme gleich zurück.

Da entschloss ich mich, Viktor anzusprechen: „Wenn es sich nur um eine Schwärmerei handeln würde, hätte Ines es nie gewagt, Vangelisti neben dich zu stellen."

Zornig blitzte er mich an: „Neben mich stellen? Diesen Italiener? Diesen - wenn wir mal vom Künstler absehen - doch noch recht jungen Dachs Ich habe das Gefühl, dass du auch noch zu ihm hältst und Ines unterstützt! Ein Komplott gegen mich verbitte ich mir, Grit! Mit Ines bin ich immer allein fertig geworden und werde es auch jetzt." „Ich halte weder zu Vangelisti, noch unterstütze ich Ines. Ich weiß nur, wie es wirklich in ihr aussieht, und danach fragst du nie." „Wie es um Ines bestellt ist, kann ich wohl am besten beurteilen, weil ich sie von Kind an kenne. Ich habe immer alles getan, um sie glücklich zu sehen."

Ich zögerte einen Moment, um einen Angriff zu wagen, aber ich überwand mich: „Würde Ines Vangelisti lieben, wenn sie glücklich mit dir wäre? Du hast dich stets für sie eingesetzt, was Ines auch immer betont. Du siehst aber auch heute noch in ihr das Kind, das sich nach deinen Wünschen richten muss und vergißt dabei, dass sie jetzt erwachsen ist und sich zu einer Persönlichkeit mit eigenen Vorstellungen entwickelt hat."

„Normalerweise würde ich in dieser Situation einer Grit Carras die Tür weisen," preßte Viktor hervor. „Du hast das Glück, dass wir hier nicht allein sind."

„Mag sein", gab ich unbeirrt zur Antwort. „Trotzdem lass mich Ines zuliebe noch ein paar Sätze sagen. - Sie hat seit früher Kindheit keine Mutter mehr gehabt. Ich bin als ältere Freundin ein kleiner Ersatz. Wir haben miteinander korrespondiert, sie hat mich hier besucht. Wir haben uns gegenseitig vertraut. Es hat mich damals erschüttert, wie unglücklich sie war, als sie euch ein halbes Jahr vor Hertas Tod verlassen hat."

„Die Trennung galt Herta, - nicht mir", fuhr er heftig auf. „Der Beweis dafür ist, dass sie sich in Konstanz, wo ich sie zurückholte, für mich entschied."

„Sie war damals gerade siebzehn, Viktor. Du warst der erste und einzige Mann für sie. Ich kann deshalb gut begreifen, dass es ihr unmöglich gewesen ist, dir zu widerstehen." Ich biß mich auf die Lippen, weil mir bewusst wurde, dass ich zuviel gesagt hatte. Ich ärgerte mich. Ein kurzer, seltsamer Blick traf mich von der Seite. Schnell sagte ich: „Als Ines euch damals verließ, sagte sie zu mir, dass sie auch von deinem starken Einfluß fortwolle. Ihr Wunsch war es, auf eigenen Füßen zu stehen."

„Ines hat eingesehen, wie unrealistisch ihre Ideen waren. Außerdem interessiert es mich nicht im geringsten, was damals war. Das Entscheidende ist, dass Ines bei mir blieb und dass sie mir nach Hertas Tod ihr Wort gab, meine Frau zu werden. Und dabei bleibt es, Grit! Viktor Xylander lässt sich nicht wegen einer gefühlvollen Sommernacht und den schmachtenden Worten eines Italieners die Braut wegnehmen."

Ines kam zurück.

Es fiel auf, wie selbstbewusst sie jene Worte betonte, die sie nun zu Viktor sprach: „Bitte, versteh mich, Wick, wenn ich vorläufig noch bei Grit bleibe. Ich habe bei ihr einen sehr guten Flügel zum Üben und die Ruhe, die ich jetzt brauche."

Ich rechnete damit, dass sich Viktor mit einem Faustschlag auf den Tisch Luft verschaffen würde. Aber er beherrschte sich.

"Nun sehe ich erst, wie sehr du dich hast beeinflussen lassen. Du selbst weißt doch ganz genau, dass es völlig unmöglich ist, was du da durchführen willst."

Ohne eine Antwort von Ines abzuwarten, stand er auf: „Kommt, wir gehen hinaus. Diese Atmosphäre hier ist ja unerträglich!"

Als wir draußen betreten schweigend die Schritte verhielten, sagte

Viktor nebenbei: „Da fallen mir gerade Worte ein, von wem sind sie noch, Ines: Du bist Zeit deines Lebens dafür verantwortlich, was du dir vertraut gemacht hast?"

Lange sah er Ines an. Der Spruch von Saint-Exupéry ließ sie sehr nachdenklich werden.

Es war so mild wie am Abend zuvor, wo uns Pietro um diese Zeit zu seinem "diabolo rosso" führte.

Am Bellevue-Platz gastierte Zirkus Knie. Bunte Lampen schwankten ins zarte Gewölk der Nacht. Droben auf dem Trapez ergaukelten sich jetzt die Artisten die Gunst der Stadt. Verstohlen trug uns der Wind ein paar Takte von Ines Lieblingsschlager zu, nach dem sie oft mit Viktor getanzt hatte. Aber keiner von beiden achtete darauf. Viktor hatte mir kurz zu verstehen gegeben, dass er mit Ines allein sein wollte. Wir gingen zu meinem Wagen und ich schloß ihn auf.

Fragend sah ich Ines an: „Du wirst hierbleiben?"

Da spürte ich Viktors harten Griff an meinem Arm: „Was soll diese Frage, Grit? Ein Mercedes fährt immerhin schneller, als ein Renault. Meinen Standpunkt kennst du. Also, Schluss damit!"

Jetzt war es auch mit meiner Ruhe vorbei, denn ich sah, daß Ines völlig verstummt war. „Ich wollte Ines helfen, weil ich sah, wie sie in Not war. Leider gibt es Menschen, die dann das genaue Gegenteil tun, oder solche, die sich aus Dankbarkeit zu einem Menschen geradezu verzehren."

Ich schlug die Autotür zu.

Da streckte mir Ines ihre schmale Hand zum Fenster herein: „Bitte, nicht böse sein, Gritli. Es kommt ja doch so, wie es kommen muss!"

Viktor hatte den Arm um sie gelegt. Mit triumphierendem Lächeln rief er mir zu: „Hat dir schon mal jemand gesagt, dass du schön bist, Grit? Besonders, wenn du dich ärgerst?"

„Dummes Zeug," murmelte ich nur, nickte den beiden zu und fuhr weg.

Ein unbeschreibliches Gefühl der Verlassenheit umfing mich. Es ließ mich auf der nächtlichen, einsamen Fahrt nicht los. Ich sehnte mich nach der Umarmung meines Mannes. In ihr habe ich Vergessen finden können. Aber er war mir genommen worden, und ich musste allein damit fertig werden. Allein, wie so viele, die einsam sind.

Am nächsten Morgen rief mich Ines an, kurz vor ihrer Abreise mit Viktor nach München.
In seinem Hotel-Appartement hätten sie beide eine lange Aussprache gehabt. Nur langsam sei eine versönliche Stimmung eingetreten, ja, Viktor bagatellisierte sogar das Geschehene. Bald darauf versuchte er, sie wieder ganz für sich zu gewinnen, aber zum ersten Mal sei ihm das nicht möglich gewesen! Es war für Viktor eine so jähe, unerwartete Entdeckung, dass sie sich verweigerte, dass er tief verletzt und wortlos in sein Zimmer gegangen war.
Ich drang in sie: „Noch kannst du zu mir kommen, Ines. Es gibt Situationen im Leben, wo sich ein konsequentes Nein hundertmal mehr lohnt als ein halbes Ja."
Eindringlich erklärte sie mir jedoch: „Ich kann es nicht über mich bringen, Grit! Ich kann nicht Wick den Rücken kehren und mich einfach Pietro zuwenden. In diesen Tagen will ich versuchen, Wick davon zu überzeugen, dass ich zu Pietro gehöre. Er muss einsehen, dass er mich nicht zurückhalten kann. Ist es mir doch so ungemein wichtig, dass Wick und ich im Guten auseinander gehen."

Noch lange beschäftigte mich dieses Gespräch. Auch sagte ich ihr, dass ich anders handeln würde, aber das änderte nichts daran, dass sich Ines bisherige Lebenseinstellung nun gewandelt hatte.

Abends rief mich Pietro aus Mailand an.
Er war zunächst niedergeschlagen, weil Ines doch gefahren war. Dann aber sagte er: „Ines wird schon ihren guten Grund haben."
Seine Worte klangen so überzeugend, dass auch ich neue Hoffnung gewann. Er bat mich, Ines mitzuteilen, dass er ihr über das italienische Konsulat in München, wo er einen guten Bekannten habe, schreiben werde.
Mehrere Tage hörte ich nichts von Ines. Dann aber bekam ich einen Brief, worin sie mir glücklich den heimlichen Empfang von Pietros Briefen bestätigte: „... er schreibt mir jeden Tag, Grit! Du glaubst nicht, was er mir dadurch für eine Kraft gibt. Es wäre mir sonst un-

möglich, Wick gegenüber fest zu bleiben.

Morgens bin ich wie üblich in den Semesterferien mit ihm auf dem Tennisplatz. Wir treffen uns dort mit Bekannten und trainieren ein scharfes Vierertennis. Natürlich lassen wir uns nichts anmerken. Ich glaube, dass Wick sich auch nicht seinem Freund Christian anvertraut. Aber Christian spürt sowieso immer alles. Und sonst übe ich meine sechs bis acht Stunden am Tag. Wick dirigiert die Opernfestspiele und ist dadurch sehr beansprucht. Meist bin ich schon auf meinem Zimmer, wenn er abends spät heimkommt.

Seit Zürich versuchte er nicht ein einziges Mal mehr, sich mir zu nähern. Wir besprechen nur, was der Tag gerade bringt, aber nicht das, was uns beide am stärksten bewegt. Sein Benehmen mir gegenüber ist zurückhaltend, - betont sachlich. Mit keinem Wort, mit keiner Geste zeigt er mir, dass er mich liebt. Als Kind war es für mich die schlimmste Strafe, wenn meine Mutter mich nach einem Streit so behandelte, wie er jetzt.

Nachts aber sitzt er oft stundenlang am Flügel und komponiert an seinem zweiten Klavierkonzert. Noch am Abend in Zürich erzählte er mir, dass er es zu unserer Hochzeit fertig haben möchte. Er will es mir widmen, wenn das "Berliner Konzert" gut ankommt, wovon er überzeugt ist.

Seine Komposition ist noch eindrucksvoller als sein erstes Werk, womit er schon große Erfolge hatte. Du kennst es ja auch. Manchmal erinnert es mich in seiner Leidenschaft an Rachmaninoff. Manche Passagen sind von einer Verklärtheit und einer Fülle nie gehörter Melodien, dass ich jedes unausgesprochene Wort fühle, das er mir sagen möchte und den Schmerz, den ich ihm täglich zufüge.

Jeder Ton gräbt sich in mich, bis in den Schlaf hinein. Und einmal war ich schon so weit, mitten in der Nacht zu ihm hinunter zu eilen und meine Arme um ihn zu legen. Doch da dachte ich an Pietros letzten Brief, in dem er mich bat, die paar Tage bis Berlin durchzuhalten. Er hofft sehr, mit Wick bald zu sprechen, da er mir unmöglich allein die kommenden Schwierigkeiten überlassen kann.

Und so bin ich hin- und hergerissen in meinen Gefühlen, und von Tag zu Tag weiß ich weniger, was ich tun soll und was kommen wird. Ich spüre Wicks erzwungene Ruhe, und weiß, dass es täglich damit vorbei sein kann. Er wartet mit einer Selbstverständlichkeit darauf, dass ich zu ihm zurückfinde. Aber - mein ganzes Ich gehört Pietro..."

Dann hörte ich nichts mehr von Ines.
Meine Unruhe wuchs täglich. Ich packte meine Koffer für Berlin. Doch bevor ich mein Haus verließ, versuchte ich noch mit München zu telefonieren. Viktor war am Apparat. Er war so unpersönlich und kurz angebunden, wie ich es von ihm noch nie erlebt habe. Ich fragte nach Ines. Sonst hatte er sie immer sofort ans Telefon gerufen. „Du kannst dich morgen selbst davon überzeugen, wie es ihr geht, Grit! Ich bin eilig! Ich fliege noch heute! Morgen Mittag wird Ines nachkommen."

Wie sich nun die Tage vor der Abreise und die weiteren Geschehnisse im einzelnen zugetragen haben, sollte ich erst in Berlin erfahren. Jetzt, viele Wochen später, nachdem das Unfaßbare geschehen ist, steht diese Zeit so lebendig vor meinen Augen, als sei ich dabei gewesen. Und nachts, wenn ich wachliege, sprechen die Stimmen von Viktor, Ines und Pietro zu mir.

In Berlin erfuhr ich also von Ines, dass Viktor wenige Tage vor dem Konzert in Berlin einige Gäste zu einem Hauskonzert geladen hatte. Darunter auch Professor Erler, der beste Musikfreund des Hausherrn, auf dessen Urteil er großen Wert legte. Im Mittelpunkt stand das 1. Klavierkonzert von Tschaikowsky.
Ines war leicht beklommen, als sie zum Flügel trat und in das verschlossene Gesicht des Professors sah, dessen Miene keine Regung verriet.
Auch Viktors Schläfen hämmerten. Die erzwungene Ruhe der letzten Wochen war einer kaum mehr zu ertragenden Spannung gewichen. Quälende Fragen bestürmten ihn. Wie würde das Wiedersehen zwischen Ines und Vangelisti sein? Wie würde Ines spielen?
Er sah sie an. Soeben überwand sie eine der schwierigsten Passagen des 1. Satzes mit so verblüffender Unbeschwertheit und Eleganz, dass ihn stolze Genugtuung überkam.
In Professor Erlers Antlitz war jetzt sichtliche Bewunderung zu sehen.

Jeder Zuhörende war gefesselt. In Viktor aber bebte jeder Nerv. Die kraftvolle Energie ihres Anschlages hatte er noch nie so eigenwillig empfunden. Seit Monaten hatte er Zeile für Zeile eines jeden Satzes mit ihr besprochen. Jede Note verband sie miteinander. Jede Note - aber seit Wochen kein einziges, herzliches, persönliches Wort. Professor Erler nickte Viktor beifällig zu. Ines führte das Allegro con fuoco dem hymnischen Schluß entgegen. Viktor suchte ihren Blick, als sie geendet hatte, aber sie erwiderte ihn mit ausweichender Scheu. Da legte ihm der Professor jovial die Hand auf die Schulter: „Na, wenn ihre Braut in Berlin auch so in Form ist wie heute, mein lieber Xylander, dann sage ich es schon jetzt, dass sie einen sehr erfolgreichen Start haben wird."

Die Gesellschaft zog sich in kleinere Gruppen zurück. Es wurde lebhaft diskutiert. Nur Viktor, sonst der gewandteste Gastgeber, war von Unruhe besessen, endlich mit Ines allein zu sein. Er wurde einsilbiger. Sein Freund Christian bemerkte, wie er verstohlen auf die Uhr sah.
Nachdem sich Professor Erler verabschiedet hatte, folgten die anderen Besucher bald seinem Beispiel.
Als Viktor mit Ines die letzten Gäste zum Gartentor begleitete, wurden sie scherzend angesprochen: „Beim nächsten Hauskonzert seid ihr schon ein Ehepaar!"
Bedeutsam sah Viktor Ines an: „Ja, es sind noch drei Wochen. Ich hoffe, dass wir sie auch noch überstehen werden."
Ines schwieg.
Erst, als sie im Musikraum allein waren, rief Ines heftig aus: „Warum willst du dir so dein Glück erzwingen, Wick? Du verfügst über mich, als sei ich nicht fähig, nur einen selbständigen Gedanken zu fassen. Du gehst über meine Gefühle und Worte achtlos hinweg, nur weil du nicht wahrhaben willst, dass ich Pietro liebe. Und das kann mir niemand verbieten!"
„Aber ich verbiete es dir!" Viktors Stimme schlug wie ein Donnerton durch die Stille. „Ich trete meine Rechte an keinen Fünfundzwanzigjährigen ab! Meinst du, ich lasse mich wegen ein paar gefühlvollen Stunden zurückstellen? Was willst du denn eigentlich von ihm? Zu-

schauen, wie ihn die Frauen anhimmeln und sein Geigenspiel ver-
göttern? Vielleicht wird er es ein paarmal dulden, dass du in seinen
Konzerten mitwirkst. Aber dann nicht mehr. Er ist es gewohnt, allei-
niger Solist zu sein. Das siehst du schon daran, dass er an einem
Abend drei Violinkonzerte nacheinander spielt. Er will das ganze Programm beherrschen. Da ist für dich kein Raum mehr. Du würdest ihm
zuliebe bald auf dein Konzertieren verzichten müssen, denn du weißt
ja selbst, dass für Kammermusik immer nur ein kleiner Kreis von
Kennern zu haben ist. - Meinst du, dafür habe ich jetzt elf Jahre lang
nichts anderes im Sinn gehabt, als dich zu einer Pianistin zu machen,
die das Publikum aufhorchen lassen wird?"
„Oh, Wick", rief Ines leidenschaftlich aus, „es ist ja gar nicht so, wie
du denkst. Er ist nicht egoistisch, noch will er mir meine Kunst nehmen. Er will mich zur Frau und wir wollen Kinder haben."
„Ich weiß", sagte Viktor wegwerfend, „wie alle Italiener mag er wahrscheinlich gleich einen ganzen Kinderchor! - Du weißt zur Genüge,
was ich mit Herta durchgemacht habe, und warum ich mich nicht
nach Kindern dränge. Außerdem warst du mir viel zu jung für solche
Probleme. "Dir zuliebe", fuhr er mit ruhiger Stimme fort und legte ihr
die Hand auf die Schulter, „dir zuliebe würde ich mich aber auch dazu bereit erklären, Ines." Er umfasste sie, und ehe sie sich versah,
hatte er Ines zu der breiten Couch in der Musikhalle getragen. Viktor
legte sie nieder, und als sich Ines widerstrebend von ihm befreien
wollte, riß er sie an sich:
„Heute wird es dir nicht gelingen, mich wieder fortzuschicken! Hast
du mal darüber nachgedacht, was du mir überhaupt damit angetan
hast? Ich bin jetzt seit Zürich die vielen Nächte für mich allein geblieben, um dich mit deinen Gedanken und mit dir selbst zur Ruhe
kommenzulassen, denn das war dein Wunsch. Es ist mir schwer genug gefallen. Doch ich weiß, dass wir viel zu stark miteinander ver-
bunden sind, um diese Krise nicht überwinden zu können."
„Komm," drängte er leise, „gib dich so wie sonst, Kind. In meinen
Armen bist du immer ganz mein eigen gewesen. Ich habe es doch
gespürt - von der ersten Nacht an, wie sehr wir zusammen gehören.
Und so wird es auch jetzt wieder sein!"
Flüsternd sprach er weiter: „Niemand außer mir kann es wissen,

dass ich die süßeste Geliebte aus dir gemacht habe. Dich ganz zu besitzen heißt: nie wieder von dir lassen zu können. Es ist gut, dass er dieses Geheimnis nicht kennt. So wird er dich vergessen können - und du ihn!"

Da geschah etwas, was Viktor an Ines kaum kannte. Sie weinte. Ihr Körper wurde von einem lautlosen, verzweifelten Krampf durchbebt. Schluchzend stieß sie hervor: „Es ist aber zwischen uns nicht mehr so, wie früher! Begreife es doch! Bitte, laß mich allein!"

„Nein!" rief er heftig, „diesmal lasse ich dich nicht allein. Du hast mich sehr unterschätzt, wenn du meinst, es dir so einfach machen zu können." Er versuchte, von Ines Besitz zu ergreifen. Aber seine Macht zerbrach an ihrem Willen.

Viktor war außer sich: „Was hat dieser Italiener für eine Gewalt über dich, dass du dich derart gegen mich auflehnst? Ich werde ihn schon zur Rede stellen!" Empört fuhr Ines hoch: „Hast du denn ganz vergessen, dass du selbst ihn mir zugeführt hast, und dass es sich nicht nur um einen begnadeten Künstler, sondern um einen wertvollen Menschen handelt? Weißt du es nicht mehr, wie sehr du ihn anfangs gelobt hast?"

Viktor trat ans Fenster und starrte schweigend hinaus. Da ging Ines entschlossen auf ihn zu: „Wick, höre mich doch wenigstens einmal vernünftig an!"

Als er weder durch eine Geste noch durch ein Wort ihrer Aufforderung entgegenkam, fuhr Ines mit einiger Selbstüberwindung fort: „Ich habe nie gewagt, es dir zu sagen, weil du mehr für mich getan hast, als es mein Vater jemals hätte für mich tun können. Du bist mir immer der liebste Mensch gewesen. Aber ich werde es mir nie verzeihen, dass ich dir deshalb mein Wort gab, deine Frau zu werden. Es geschah gegen meine innerste Überzeugung."

„Diese rührselige Geschichte hat mir Grit schon erzählt!", rief er zornig. „Wenn ihr Frauen nicht mehr aus noch ein wißt, fangt ihr an, in der Vergangenheit herumzustöbern. Und dieses „Unverzeihliche" willst du wieder gutmachen, indem du mich herzlos verlässt und dich einem anderen zuwendest!"

„Wir reden aneinander vorbei.",sagte Ines traurig. „Wie soll ich dich auch überzeugen können, wo du so überzeugt von dir selbst bist?"

„Es sind noch drei Wochen bis zu unserer Hochzeit, Ines, und drei Tage bis zu deinem Konzert mit den Berliner Philharmonikern. Beides wichtigste Daten in deinem und meinem Leben. Sieh endlich ein, dass uns jetzt keine Minute mehr für nebensächliche Angelegenheiten übrig bleibt."

Ines stand an der breiten Glaswand, Viktor den Rücken zugekehrt. Im schwülen Raum war es fast dunkel. Nur hinten auf dem Flügel brannte matt ein kleines Licht. Am Nachthimmel zog ein Gewitter herauf. Viktor trat hinter sie, - Ines sah ihrer beider Schatten. Gespenstisch tauchten sie in das gewaltige Meeresbild - drüben an der Wand.

Es war, als vermählten sich ihre Gestalten mit der Gischt der in kriegerischem Aufruhr brandenden Wellen.

Es war so still, dass sie Viktors Herz hinter sich schlagen hörte. Ines bewegte die Lippen, um ihm zu sagen, dass sie mit Pietro nach Lissabon fliegen wollte. Aber sie brachte keinen Ton hervor, denn schon hielt er mit seinen Händen ihren Leib umspannt.

Jäh bäumte sich Ines zurück und sah über sich sein bleiches, vom Wetterleuchten durchzucktes Gesicht. „Nein, Wick, oh nein, - so nicht! Du zerstörst alles in mir! Alles, was zwischen uns war."

„Du weißt ja nicht, was du mit mir machst!", stieß er hervor. „Ich kenne mich selbst nicht mehr! Es muss doch etwas ganz Bestimmtes dahinterstecken, dass du so zu mir bist, - etwas, wovon ich noch nichts weiß. Sage es mir sofort!" Sein keuchender Atem streifte ihr Gesicht. Er fasste ihre Handgelenke mit hartem Griff. Seine Stimme überschlug sich: „Sprich!" Ines atmete schwer. Ihr Widerstand drohte zu brechen, aber die Furcht vor ihm schnürte ihr die Kehle zu. Da packte sie Viktor bei den Schultern, dass sie sich kaum mehr zu bewegen vermochte. Seine Hände tasteten weiter und umklammerten ihren Hals. „Ich habe bisher nie begriffen, dass es Menschen gibt, die sich vergessen können.", stieß er hervor. „Jetzt verstehe ich es! Nur zu gut! Ich, der dich damals von deinen verschütteten Eltern gerettet hat, könnte jetzt dein Leben auslöschen, - mit einem Griff nur. Niemand würde es hören! Aber so leicht will ich es dir nicht machen - und mir nicht so schwer. Es würde dadurch nichts besser - gar nichts!" Er gab Ines frei und sagte mit bebender Stimme: „Ich werde

versuchen, mich zu beherrschen!"
Viktor wandte sich ab und ging die Treppe hinauf. „Du wirst schon
sehen, wohin dich dein Starrsinn treibt", hörte ihn Ines noch sagen.
Unsanft fiel hinter ihm die Türe ins Schloß.
Langsam ging Ines ihm nach. In ihrem Zimmer sank sie in den
Schaukelstuhl und preßte die Hände vors Gesicht. Sie haderte mit
sich selbst, dass sie es so weit hatte kommen lassen.
Ines hörte ihn drüben in seinem Zimmer auf und ab gehen. Die Tep-
piche dämpften den ungleichen Takt der zornigen Schritte.
Sie brauchte nur zu ihm hinüberzugehen, dann wäre alles gut. Er würde ihr verzeihen und kaum jemals daran rühren. Er war so! Aber dann
wäre Pietro für sie verloren - für immer! Dieser Gedanke war unvor-
stellbar für sie. Doch was würden die kommenden Tage bringen?
Und was würde aus dem Flug nach Lissabon? Eine Flucht von Viktor! Konnte sie ihm dies wirklich antun? - Eine tiefe Müdigkeit lähm-
te ihre Sinne. Der Schlaf umfing sie.

Als Ines erwachte, lag sie zugedeckt auf ihrer Couch. Viktor musste
sie behutsam hierher gebettet, den Reißverschluß ihres engen Rocks
aufgezogen und ihr die Schuhe abgestreift haben. Ines wusste, dass
er seit ihrer Kindheit vor dem Schlafengehen noch einmal nach ihr
sah.
Die Uhr schlug neun. Vor der Tür rief die Stimme der Daxbergerin:
„Fräulein Ines, der Professor ist schon zur Probe gefahren. Sie sollen
mit dem Taxi zum Rundfunkhaus nachkommen."
Viktor hatte dort das besonders gute Orchester zur Begleitung er-
möglichen können. Die Generalprobe sollte erst in Berlin stattfinden.

Mittags nach der Probe fuhr Ines mit Viktor zum Königshof. Um sie
her wogte pausenlos, von Regengüssen umflutet, der Verkehr des
Karlsplatzes.
Als Viktor mit Ines den Speisesaal betrat, wurden Gäste auf sie aufmerksam. Die Art seines Auftretens hatte etwas Faszinierendes. Sie
verlangte, ohne Herausforderung oder gar Starallüren hervorzukeh-
ren, dass sich jeder, der ihm begegnete, interessiert fragte, wer er
wohl sein möge.

Ines, noch ganz in Gedanken bei ihrer Probe mit dem Rundfunkorchester, mit hochgesteckter Frisur und einem geschmeidig anliegenden Strickkostüm, war es gewöhnt, an Viktors Seite Aufsehen zu erregen. Sie saßen an der breiten Fensterfront einander gegenüber. Während Viktor bei dem Ober bestellte, sah Ines auf den von Regenböen und Menschengewimmel heimgesuchten Stachus hinunter. Es beunruhigte sie, dass er noch nichts über ihr Spiel gesagt hatte. Doch als sich die Herren vom Nebentisch erhoben hatten, nahm er das Wort: „Ich hoffe sehr, dass du in Berlin besser in Form bist als heute. Weil ich weiß, was du kannst, habe ich weiter nichts gesagt. Wärst du heute Nacht in meinen Armen gewesen, wie beflügelt hättest du sein können!

Deine Chance liegt im Beginn. Wenn du sie verfehlst, hast du versagt. Du musst dir mit deinen "Akkordblöcken" eine Kathedrale errichten, keine simple Vorstadtkirche, wie du das vorhin getan hast."

Beim Rotwein fragte er unvermittelt: „Stehst du mit Vangelisti in Verbindung? - Holst du heimlich postlagernde Briefe von ihm?"

Ines schwieg. Seinem forschenden Blick hielt sie nicht stand.

„Also doch, ich dachte es mir!", sagte Viktor hart.

Eine Weile gab er ihr noch Zeit für eine Antwort, doch als sie stumm blieb erklärte er ihr, dass er noch heute nach Berlin fliegen wollte. Ines sollte sich diese Nacht gut ausschlafen und mit der Morgen-Maschine nachkommen. „Christian wird dich zum Flughafen bringen", sagte er bestimmt. „Sollte ich dich nicht in Berlin abholen können, werde ich jemanden schicken."

Der Nachmittag war ausgefüllt mit Vorbereitungen. Viktor und Ines besprachen nochmals die wichtigsten Teile der Partitur. Auch die Konzertgarderobe kam nicht zu kurz. Schon vor Wochen hatte er ihr für dieses Ereignis ein kostbares Kleid anfertigen lassen. Er prüfte den passenden Schmuck, die Schuhe und ihre Frisur, sogar die Farbe ihres Nagellackes entging ihm nicht.

„Die Farbe, die du jetzt aufgelegt hast, kannst du nicht nehmen. Sie ist zu grell. Du weißt, wie sehr ich das Dezente liebe. Außerdem ist deine Natürlichkeit schon Schmuck genug."

Bisher war er immer mit einem langen Kuss von ihr gegangen. Jetzt reichte er ihr nur die Hand zum Abschied, aber er lächelte ein wenig. Dann wandte er sich noch einmal nach ihr um und sah sie lange an. Jedes seiner Worte drang unauslöschlich in sie hinein: „Die Nacht nach dem Konzert, Ines, gehört mir - verstehst du? - Uns ganz allein!"

Am nächsten Morgen warteten im Flughafen Berlin - Tempelhof zwei Männer auf Ines. Keiner von beiden vermutete den anderen.
Draußen regnete es in Strömen. Da kam die Nachricht durch den Lautsprecher, dass das Flugzeug aus München mindestens einenhalb Stunden Verspätung habe.
Viktor trommelte ungeduldig gegen die Fensterbank. Es war nur gut, dass ihm ein Berliner Freund seinen Wagen geliehen hatte. So konnte er diese unfreiwillige Wartezeit ausfüllen, um in der Stadt noch Wichtiges zu erledigen.
Der andere Mann war Pietro Angelo Vangelisti. Er nahm sich vor, die Zeit, bis Ines kam, zum Studieren einer Partitur zu benutzen. Da er nicht erkannt werden wollte, setzte er seine Sonnenbrille auf und nahm in einer ungestörten Ecke Platz.
Als nach der abgelaufenen Zeit noch immer keine Maschine gemeldet war, und der Regen unaufhörlich gegen die Scheibe prasselte, wurde Pietro unruhig. Der Zufall wollte es jedoch, dass er einen Kollegen aus der gemeinsamen Studienzeit in Siena traf. Die Freude über das Wiedersehen war groß. Da beide auf die gleiche Maschine warteten, konnten sie in einer Nische noch weiterplaudern.

Zurückgekehrt, betrat nun auch Viktor die Haupthalle. Erregt nahm er die neuerliche Verspätung hin und ging beunruhigt auf und ab. Seine Hände wühlten in den Taschen des Regenmantels. Dann wieder streckte er den Arm, um nach der Uhr zu sehen. Es kam keine Durchsage.
Vermutungen wurden laut, ob die Maschine habe notlanden müssen, oder ob gar ... so etwas wagte niemand auszusprechen.
Pietro rauchte eine Zigarette nach der anderen, was er sonst nie tat. Das Gespräch mit seinem früheren Kollegen wurde immer schleppender. Beide blickten abwechselnd auf das öde Rollfeld unter dem

peitschenden Regen und sahen einander in die angespannten Gesichter

Wütend rief jemand: „Zum Donnerwetter, wo bleibt die Durchsage?"
Keiner antwortete.

Viktor stützte den Kopf auf die Hände und starrte geistesabwesend auf das Muster des Steinfußbodens. Er machte sich heftige Vorwürfe über sein Verhalten zu Ines. Die letzte Nacht in München verfolgte ihn. Nie verstrich sonst auch nur eine Stunde, ohne dass sich Unstimmigkeiten zwischen ihnen nicht sofort glätteten. Er kam nicht darüber hinweg, dass sich aus ihrem so hingebungsvollen Wesen eine so offenkundige Abwehr entwickelt hatte.

Viktor griff sich an die Schläfen. Es war zu ärgerlich, dass er diesen Vangelisti am gestrigen Abend nicht im Hotel angetroffen hatte. War er doch extra eher nach Berlin geflogen, um ihn abzufangen und unter vier Augen mit ihm zu sprechen.

Er sprang wieder hoch und ging hin und her. Eine weitere Stunde lähmender Wartezeit war vorüber. Draußen hörte der Regen auf. Auch der heftige Wind legte sich langsam.

In Viktors Nähe saß an einem Tisch eine Familie mit drei kleinen Kindern. Das beklommene Schweigen und verhaltene Flüstern der Erwachsenen verwandelte sich bei den Kindern in eine nur mühsam unterdrückte Ausgelassenheit. Unentwegt rollten sie einander auf der Glasplatte des Tisches bunte Kugeln zu. Die Mutter gab den Kleinen hastig ein paar Klapse, damit ihre Unruhe die zu erwartende Nachricht nicht stören sollte. Endlich meldete sich der Lautsprecher ... Und binnen weniger Minuten war durch die Ankündigung der baldigen Landung eine seltsame Wandlung vor sich gegangen:

Niemand hinderte die Kinder mehr daran, mit ihren Kugeln zu spielen. Sie ließen sie sogar klirrend auf dem Boden rollen und tollten hinter ihnen her. Lächelnd hob ein Kellner eine Coca-Colaflasche auf, die jemand in nervöser Hast hatte fallen lassen.

Viktor aber eilte aufatmend zur nächsten Telefonzelle, um schnell noch ein dringendes Gespräch zu erledigen.

Pietro indessen hatte sich die Extra-Erlaubnis geholt, den Ankömmlingen entgegengehen zu dürfen.

Wie zur Begrüßung teilte sich über ihm die dunkle Wolkendecke. Hinter ihm aber spiegelte sich die von der Sonne angestrahlte, zur Landung ansetzende Lufthansa, gleich einer modernen Glasmalerei in den riesigen Fensterscheiben.

Ines erkannte Pietro schon von weitem. Vergessen war der Schreckensflug durch Regen und Böen, vergessen die lähmende Furcht und die schlimme Übelkeit, die sie befallen hatte.

Sie eilten aufeinander zu. Pietro drückte sie freudig erregte fest an sich:

„Dass du nur da bist! Ich hatte solche Angst um dich!"

Er legte ihr einen Strauß kostbarer Lilien in den Arm. Beide beachteten ihre Umgebung nicht.

„Du", sagte er leise, „es ist höchste Zeit, dass ich dich jetzt bald ganz bei mir habe. Es war zu viel für dich in den letzten Wochen. Weiß er es denn nun mit Lissabon? In deinem letzten Brief schriebst du nichts davon." „Weißt du, Pietro", gestand sie zögernd, „Ich habe das bis zuletzt aufgeschoben. Und dann hatten wir am letzten Abend noch eine schlimme Auseinandersetzung. Das kann ich dir aber erst später in Ruhe erzählen." Stumm sahen sie einander an, noch nicht entschlossen, weiter zu gehen. Der Gepäckwagen rollte an ihnen vorbei. „Hast du das Wichtigste für Lissabon mitgenommen?", fragte Pietro.

„Ja", antwortete Ines unsicher. „Wenn wir nur schon so weit wären! Ich kann es mir einfach nicht vorstellen!"

„Nichts ist unmöglich!", erwiderte er fest.

Während die beiden zum Fließband gingen, um Ines Gepäck entgegenzunehmen, hatte Viktor sein Gespräch beendet und trat soeben aus der Telefonzelle. Wie gelähmt blieb er stehen, als er Ines neben Vangelisti sah. Dieser nahm gerade ihr Gepäck in Empfang, und Ines lächelte ihm über ihre blumenbeladenen Arme zu.

„Das ist ja ein starkes Stück!", entfuhr es Viktor. Er musste sich mit Gewalt zurückhalten, um ihnen nicht wütend entgegenzustürzen. Denn er dachte daran, wie sehr er noch vorhin um Ines gebangt hatte.

In diesem Augenblick sahen ihn Ines und Pietro. Eine Weile standen sie ratlos, denn sie fühlten, dass er sie bereits gesehen haben musste.

Doch noch ehe sie einen Entschluß fassen konnten, trat etwas Unerwartetes ein: Viktor kam auf beide zu.

Die Männer begrüßten sich betont kurz. Viktor wandte sich an Ines: „Du bist bleich, Kind! War es schlimm?"

Als Ines kurz die Nöte des schwierigen Fluges geschildert hatte, wandte er sich Pietro zu: „Es ist unmöglich von Ihnen, hier zu erscheinen, Vangelisti! Haben Sie denn gar nicht damit gerechnet, dass wir hier zusammentreffen würden?" „Ich habe ihn darum gebeten", fiel Ines rasch ein.

Pietro störte sich nicht an Viktors Vorwurf, der entkräftet wurde durch seine bestimmte Antwort: „Wir müssen dankbar sein, dass Ines nichts zugestoßen ist. Diese stundenlange Ungewissheit war wirklich furchtbar." Als Viktor erfuhr, dass Vangelisti gleich ihm hier die bange Wartezeit verbracht hatte, sagte er: „Wie ist es nur möglich, dass wir uns nicht gesehen haben? Ich hätte Sie schon gestern abend im Hotel sprechen wollen, aber Sie waren nicht da!"

„Gestern abend war ich im "Tristan"," erwiderte Pietro ruhig, „aber ich hätte Ihnen ohne weiteres noch nach der Oper zur Verfügung stehen können, Herr Professor."

Draußen parkte Viktors Berliner Wagen. Obwohl Pietro aus Höflichkeit zunächst ablehnte, war es selbstverständlich, dass er Viktors Aufforderung, mit einzusteigen, annahm.

Nun begann eine seltsame Fahrt.

Ines hatte trotzig darauf bestanden, den Hintersitz einzunehmen, damit niemand merken sollte, wie elend ihr zumute war. Die bewussten Tüten im Flugzeug waren von ihr so reichlich benutzt worden, dass ihr noch jetzt übel im Magen war.

Bald aber verdrängte die steigende Unruhe, mit der sie die beiden Männer beobachtete, ihre Unpässlichkeit.

Wenn Viktor am Steuer saß, strömte meist eine überlegene, oft sogar zynische Gelassenheit von ihm aus. Jetzt aber sollte ihm selbst eine vorgetäuschte Ruhe nur schwer gelingen. Seine Nerven waren aufs äußerste gespannt. Ein kurzer Blick auf Vangelistis ernste, angespannte Züge ließ Viktor ahnen, dass auch er nach Worten rang, um die lähmende Stille zu brechen.

Zwischendurch sah Viktor im Rückspiegel Ines blasses Gesicht. Ihre Haltung war gezwungen, unbeweglich. Hoheitsvoll schmiegten sich die alabasterfarbenen Lilien in ihren Schoß.

Da fiel Viktors Stimme in das peinliche Schweigen. Er fragte Vangelisti nach seinen nächsten beruflichen Plänen. Bereitwillig gab Pietro Auskunft. Aber Viktor hörte nur halb zu. Er überlegte, ob er ihm nicht ein paar geharnischte Worte wegen seines Verhaltens sagen sollte. Doch er unterließ es, da hierfür weder der zunehmende Verkehr noch Ines Gegenwart geeignet waren.

Auch Pietro schwieg wieder. Als Gegner jedweder Heuchelei vermied er es, mit nichtssagenden oder beschönigenden Reden die Situation zu retten.

Ines wurde der Raum im Wagen immer enger. Sie glaubte ersticken zu müssen in dem Bewusstsein, dass die gefürchtete Begegnung der Männer nun so unverhofft stattfand. Konnte sie es doch nicht begreifen, dass sich beide trotz der Überfülle drängender Probleme, in Schweigen hüllten.

Impulsiv bat sie Viktor, bei nächster Parkmöglichkeit anzuhalten, um kurz frische Luft zu schöpfen. Pietro erklärte, dass er ohnehin eher aussteigen wolle, da er noch etwas zu erledigen habe.

Zufälligerweise hielt Viktor vor einer Litfasssäule, die in großen Lettern ihr gemeinsames Konzert ankündigte. Alle drei starrten auf das Plakat, denn ihre Namen, imposant und einprägsam in leuchtenden Buchstaben gedruckt, kamen gleichsam auf sie zu.

Pietro stieg aus und verabschiedete sich, nachdem er Ines mit einem bedeutsamen Blick die Hand gedrückt hatte.

Ines legte die Blumen auf den Rücksitz und setzte sich neben Viktor. Vor Beklommenheit wagte sie nicht, ihn anzusehen und wartete darauf, was er wohl sagen würde.

Aber er fragte nur kurz: „Geht es besser?"

„Nein", antwortete sie tonlos, „wenn ich mich nur erst hinlegen könnte!"

Diese Schweigsamkeit auf der Fahrt zum Hotel war bedrückender und quälender als je zuvor. Ines wäre es viel lieber gewesen, wenn er ihr Vorwürfe gemacht oder sie gescholten hätte. Sie wusste, wie wütend er werden konnte. Erst, als sie im Hotel ankamen und Viktor Ines in ihr Zimmer begleitete, nahm er wieder das Wort: „Dein Tag morgen ist viel zu wichtig, als dass du dir jetzt irgendwelche Extravaganzen leisten kannst. Deine ganze Zukunft als Künstlerin hängt davon ab, ob du das Publikum auch wirklich überzeugst. Ich wünsche deshalb, dass du nicht irgendetwas unternimmst, worüber ich nicht vorher gefragt worden bin."

Ines hatte sich auf der Couch ausgestreckt und die Augen geschlossen unter seinem strengen Blick.
Eine kurze Weile verharrte Viktor regungslos, als er sie so liegen sah. Die tiefe Zärtlichkeit, die er immer für sie empfunden hatte, drohte seinen verletzten Stolz und die aufsteigende Härte zu verdrängen.
Er legte seine Hände auf die ihren und fragte leise: „Spürst du es eigentlich überhaupt nicht mehr, was du mir bedeutest?"
Ines hielt die Augen geschlossen und drehte den Kopf zur Seite. „Doch", flüsterte sie, „aber ich wünsche mir so sehr, dass du mich auch verstehst." „Da gibt es nichts zu verstehen", antwortete Viktor, und die ganze Ungewissheit kehrte verstärkt in ihn zurück. „Lass uns jetzt Kräfte sammeln für heute und morgen. Die meinen sind nämlich nicht unbegrenzt." Er ging in sein angrenzendes Zimmer und schloss wortlos die Tür. Wenige Minuten später verlangte er Vangelisti am Apparat. Ines konnte jedes Wort verstehen.
 Ohne Umschweife fing er gleich an: „Als Dirigent sage ich Ihnen, dass wir unserer gemeinsamen Arbeit zuliebe miteinander auskommen müssen.
Aber sonst verbitte ich es mir, Vangelisti, dass Sie meine Verlobte auf irgendeine Weise durcheinander bringen. Sie, Ines und ich stehen heute und morgen im Blickfeld der Öffentlichkeit. Sie verlangt absolute Höchstleistung! Respektieren Sie das!"
Pietro fragte wohl nach einer Gesprächsmöglichkeit. Viktor nannte mit Vorbehalt einen Termin am nächsten Vormittag. „Sonst erst nach dem Konzert!"

Brüsk legte Viktor den Hörer auf. Noch ehe er Zeit zur Besinnung fand, wurde er zu einer wichtigen Besprechung in die Hotelhalle gebeten. Ohne noch einmal nach Ines zu sehen, ging er hinunter.

In diesem Augenblick aber stieß ich beinahe mit Viktor auf der Hoteltreppe zusammen.

Vor einer Stunde war ich am Anhalter Bahnhof angekommen. Ohne große Begrüßung sagte er trocken: „Na, da muss ich ja mit Grit Carras noch vor dem Konzert Burgfrieden schließen!" Er musterte mich kurz und meinte: „Aber du bist ja tipp topp hier eingetroffen, wie ich sehe."

Auf meine Frage nach Ines gab er mir rasch zur Antwort: „Sie hat einen unangenehmen Flug gehabt. Lass sie bitte noch ruhen. Ines darf nicht abgelenkt werden. Man muss alles von ihr fernhalten." Es schien als dächte er angestrengt über etwas nach. Dann aber wandte er sich mir etwas freundlicher zu: „Gut, kümmere dich bitte um Ines, aber ich dulde keine Besuche in meiner Abwesenheit!"

Und schon eilte er fort. Ich war entsetzt, wie angegriffen er aussah. Seit unserem letzten Zusammensein in Zürich schien er um Jahre gealtert. Wie tief musste ihn Ines´ Verhalten getroffen haben.

Nachdem ich mich eingerichtet und umgezogen hatte, klopfte ich bei Ines an. Mit einem Freudenruf eilte sie mir entgegen. Wir waren beide glücklich, uns wiederzusehen.

Aufmerksam schaute ich sie an: „Ein sanfter Hauch von unserer Schweizer Sonnenbräune ist noch übrig geblieben", lächelte ich ihr zu, „aber schmaler bist du wieder geworden, Ines! Nun, das ist ja kein Wunder. In deiner Haut möchte ich jetzt wirklich nicht stecken. Aber ich freu´ mich unendlich auf dein Berliner Debüt."

Ich erzählte ihr, dass ich Viktor bereits getroffen und festgestellt hatte, dass er sehr schlecht aussähe.

„Oh, Grit," rief sie gequält aus, „ich weiß ja, was ich ihm angetan habe. Christian hat mir deswegen auf der Fahrt zum Flughafen auch schon schlimme Vorwürfe gemacht. Aber soll ich denn mein Leben lang darunter leiden, weil ich damals etwas falsch gemacht habe?"

„Ob es falsch oder richtig war, wird die Zukunft zeigen, Ines. Du selbst kannst es jetzt noch nicht beurteilen, wozu alles gut war."

Dann fragte ich nach Lissabon.

Ines schüttelte den Kopf: „Ich habe es einfach nicht fertiggebracht, mit ihm darüber zu sprechen. Ich weiß es nicht, ob ich es überhaupt schaffe." „Du musst es aber schaffen, Ines! So kannst du nicht mit Viktor umspringen. Das hat er nicht verdient!"

„Du ahnst ja nicht,was ich in der Nacht vor seiner Abreise mit ihm durchgemacht habe. Unmöglich hätte ich ihm auch noch den Plan mit Lissabon mitteilen können."Und mit einer Eindringlichkeit, vor der ich erschrak, rief sie aus: „Grit, Pietro hat die Flugkarten bereits. Ich muss mit ihm gehen, denn es ist die einzige Chance, mein jetziges Leben zu ändern!"

Ich sagte nichts mehr. Ines schilderte mir die peinliche Autofahrt zu Dritt und das Telefonat Viktors mit Pietro.

Nachdem sie noch einige besonders schwierige Arpeggien geübt hatte, fuhren wir zusammen in die Musikakademie zur Generalprobe.

Ich nahm meinen Platz so ein, dass ich beide Solisten sowie den Dirigenten gut sehen konnte. Schräg vor mir saß Pietro. Er drehte sich um und wir wechselten ein paar freudige Begrüßungsworte.

Dann setzte sich Ines an den Flügel.

Ich war zunächst so fasziniert von dem grandiosen Beginn und der vehementen Kadenz, dass ich alles um mich herum vergaß. Erst, als das Spiel in seiner träumerischen Gelöstheit dahinperlte, schaute ich zu Pietro. Voller Bewunderung war er Ines zugewandt, und dennoch schien er so versunken in die Musik, als spiele er selbst.

Viktor klopfte beim Tutti häufig ab. Mit der ihm eigenen Präzision gab er Befehle, denen niemand zu widersprechen wagte. Er ruhte nicht eher, bis ihn auch die unscheinbarsten Feinheiten zufrieden stellten. Die Philharmoniker ächzten verstohlen unter seiner manchmal geradezu brutalen Konsequenz, aber sie kannten ihn ja und wussten, dass eine Aufführung unter seiner Leitung immer ein Höhepunkt wurde.

Als Ines den Schlusssatz in seiner rasanten, majestätischen Steigerung beendet hatte, sagte Viktor nur kurz: „Gut!"

Langsam, als erwarte sie von ihm noch ein persönliches Wort, kam sie vom Podium herunter und setzte sich neben mich. Enthusiastisch zollte ihr das ganze Orchester Beifall, was Ines mit freudigem Lächeln entgegennahm.

Ich drückte ihr die Hand.

Nach einer kleinen Pause begab sich Pietro neben das Dirigentenpult. Sofort spürte ich die spannungsgeladene Atmosphäre. Das einleitende Tutti klopfte Viktor immer wieder ab. Das musste auch für Pietro peinigend sein. Aber er wirkte gelassen, - unbeirrt. Als ihm Viktor endlich seinen Einsatz gab, mit einer Geste, die keineswegs freundliche Zustimmung verriet, fegten die ersten Geigentöne jegliche negative Beeinflussung hinweg.

Tschaikowskys Violinkonzert brachte sein virtuoses Können, aber auch den nie an der Oberfläche haftenden Schmelz seines kostbaren Instrumentes voll zur Geltung.

Ab und zu fanden Pietros Augen Ines, die neben mir in der Anspannung des Zuhörens kaum zu atmen wagte.

Alles ging gut - bis zum Finale. Mitten im drängenden Vorwärtsstürmen klingt dort ein slavischer Tanz auf. Pietro spielte ihn voller Temperament, und doch verhalten.

Plötzlich brach er ab und wandte sich höflich an Viktor: „Bitte noch einmal von Buchstabe K. Die Tempi waren zu rasch, Herr Professor!" Ich sah wie ein drohendes Signal vor dem Sturm die steile Falte auf Viktors Stirn. Er ließ die Stelle wiederholen.

Ines stieß mich an: „Das Orchester läuft Pietro schon wieder davon!" Unwillig brachte Viktor die Philharmoniker erneut zum Schweigen. Die Musiker warfen sich bedeutsame Blicke zu. Eine spürbare Unruhe machte sich bemerkbar, - Vorboten der zu erwartenden Auseinandersetzung. Und schon entfuhr es Viktor schroff: „Herr Vangelisti, ich habe dieses Konzert mit vielen berühmten Solisten dirigiert. Ihr plötzlich verlangsamtes Tempo passt hier absolut nicht!" Pietros Stimme klang scharf: „Meine persönliche künstlerische Auffassung lasse ich mir nicht nehmen."

Da schrie Viktor, dass uns ein Zittern überlief: „Sie werden sich hier nach der reiferen Erfahrung zu richten haben!" Pietros ernste, dunkle Augen blitzten ihn an: „Ich verbitte mir diesen Ton, Professor Xylander! Er ist völlig ungerechtfertigt. Sie werden einen Ersatz für mich finden müssen!"

Und damit ging er.

Mit keiner Regung verriet Viktor, was in ihm vorging. Mit befehlender Handbewegung wandte er sich dem Orchestervorstand zu: „Holen Sie ihn sofort zurück!"

Wir saßen wie auf Kohlen. Viktor las in der Partitur weiter. Seine nervigen, schmalen Finger klopften zürnend auf das Pult. Mehrere Minuten lastete eine lähmende Stille über dem Konzertsaal. Sicherlich musste der Vorstand einige Überredungskünste anwenden.

Dann atmeten wir auf. Selbstbewusst, ohne ein Wort trat Pietro vor den Dirigenten.

„Sie wissen genau," sagte Viktor, „dass weder ich noch das Publikum mit einem Ersatz einverstanden wären. Wenn Sie durchaus mit dem Kopf durch die Wand wollen, spielen Sie eben den Absatz so, wie Sie ihn einstudiert haben!"

Pietro zog es vor, zu schweigen. Ohne Störung spielte er seinen Part zu Ende, verneigte sich dann kurz vor dem ersten Konzertmeister und verließ das Podium. Keiner der Musiker gab Beifall. Das ganze Orchester erklärte sich solidarisch mit seinem Dirigenten.

Unauffällig war Ines verschwunden, um Pietro gleich abfangen zu können. Während der nun eingetretenen Pause, in welcher neue Noten aufgelegt wurden, unterhielt sich Viktor von seinem Platz aus sehr lebhaft mit dem ersten Konzertmeister. Mir nickte er nebenbei zu: „Ihr wartet bitte auf mich."

Erst als er das Zeichen für das weitere Programm gab, stand ich auf. Das fortissimo der Bläser dröhnte mir in den Ohren, als ich verhalten die Klappstuhlreihen entlang ging. Ich spürte es geradezu, wie Viktor seinen ganzen Groll in die Musik hineinbeschwor.

Als ich ins Künstlerzimmer trat, kam Pietro eilig herbei: „Ich werde Ines kurz entführen, denn ich muss sie einmal ungestört sprechen. Wenn wir uns nicht die Zeit stehlen, sehe ich keine andere Möglichkeit mehr."

Ines zögerte noch. Bittend sah sie mich an, als erwarte sie von mir eine Entscheidung.

Ich stellte mir Viktor vor, wenn er Ines jetzt nicht vorfinden würde. „Er wird außer sich sein! Nach diesem Zwischenfall vorhin ist er schon aufgeregt genug."

Aber Pietro gab nicht nach: „In einer knappen Stunde werde ich Ines hierher oder zum Hotel bringen."

Ich sah auf Ines, die in ihrem engen, roten Kostüm so reizend und doch so betrübt aussah. Viel lieber hätte ich sie lachend und unbeschwert gesehen, so wie ich sie zuerst an Viktors Seite kennen gelernt hatte. Sie schien mir noch viel zu jung, um solche schwerwiegende Konflikte zu überstehen. Pietro aber verscheuchte unseren Ernst mit der ihm zu eigenen Heiterkeit: „Was ist mit Ihnen los, Grit? Sind Sie skeptisch, seit Sie ihr Schweizer Land verlassen haben?"

Er wartete meine Antwort gar nicht ab, umfasste Ines sanft und drängte mit ihr zur Tür.

„Bitte, versuche Wick zu beruhigen, Gritli", raunte mir Ines zu.

Und ich rief den beiden nach: „Überlegt es euch gut, was ihr tun wollt!"

Diese Situation brachte mich in eine zwiespältige Lage und in eine schwer zu tragende Verantwortung. Mir blieb nichts anderes übrig, als auf Viktor zu warten. Wenn doch nur Ines vor dem Ende der Probe zurück sein würde!

Während ich weiter meinen unruhevollen Gedanken nachging, waren die beiden aus der Musikakademie getreten. Pietro winkte zum nahen Taxistand hinüber. „In einem gemieteten Wagen können wir uns am ungestörtesten unterhalten."

Ines war noch sehr von Unruhe und Beklommenheit gepackt, aber Pietro beschwichtigte sie, und sie willigte ein.

„Ich habe gezittert um dein Konzert", gestand sie ihm. „Um ein Haar wäre es geplatzt. Gott sei Dank, dass Wick dich zurückgeholt hat."

„Ich habe mich selbst schon geärgert, dass mein Dickschädel mit mir durchgegangen ist. Xylander ist ein hervorragender Dirigent, und ich schätze ihn deshalb als Künstler sehr. Ich will versuchen, mich in Zukunft zu mäßigen - schon dir zuliebe!"

Das Taxi hielt nun neben ihnen und beide stiegen ein. „Fahren Sie uns eine Weile aus dem Häusermeer hinaus", sprach Pietro den Chauffeur an.

"Is jemacht, denn werd ick Se in aller Jemütsruhe mal um de Avus rumfahren!" Ines lehnte sich noch immer mit hochroten Wangen schweigend zurück, und Pietro spürte, dass sie mit ihren Gedanken ganz wo anders war. Deshalb sprach er zunächst über ihr Spiel und hob hervor, was ihm besonders gefallen hatte.

„Wick war nicht so zufrieden," meinte Ines, „gerade weil er so lakonisch sagte: „Es war gut !"

„Immerhin besser als bei Manuel. Er brummte meistens nur sein „Hm". Da musste ich dann selbst schlau daraus werden. „Gut" war für ihn schon das höchste Lob. Ich habe es nur selten zu hören bekommen."

Beide lachten, aber als sie sich dabei ansahen, wurden sie ernst. Pietro nahm ihren Kopf an seine Brust. Und sie küssten sich, erst behutsam und scheu, dann immer heißer, seliger und unersättlicher, als wenn es nimmermehr enden sollte ...

„Ich kann nicht mehr von dir lassen", flüsterte Pietro. „Übermorgen um diese Zeit fliegen wir schon über den Wolken. Ich trage unsere beiden Flugkarten ständig bei mir - wie einen Talisman. Und wie bald, - wirst du Ines Vangelisti heißen!"

Ines strich ihm mit bebenden Fingern über das Haar: „Das hört sich an wie im Märchen, Liebster. Aber zwischen jetzt und übermorgen liegt eine Unendlichkeit. Wick weiß doch noch gar nichts von unseren Plänen. Er lässt einfach nichts an sich heran."

„Aber wie reagiert er denn darauf, dass du dich ihm nun entziehst, wo ihr bisher sehr vertraut miteinander wart?"

Daraufhin deutete ihm Ines an, wie aufgebracht sich Viktor in der schrecklichen Nacht vor seiner Abreise nach Berlin verhalten hatte.

„Daraus erklärt sich natürlich auch seine heutige Verfassung," sagte Pietro. „Er will unter keinen Umständen auf dich verzichten und vergisst dabei etwas sehr Wesentliches: was man um jeden Preis, ohne Rücksicht auf das Eigenleben des andern für sich haben will, verliert man am ehesten!"

Ohne auf ihre Umgebung zu achten, fuhren sie in das Zwielicht des sich neigenden Tages. Bald näherten sie sich wieder langsam den aufflammenden Lichtern und dem Zentrum der Stadt.

Schwerwiegend standen die Fragen zwischen ihnen: „Wann sagen wir es ihm mit Lissabon? - Heute wäre der letzte Termin! - Ist es überhaupt richtig, dass davon gesprochen werden muss?"

Beide überlegten das für - und Wider - und kamen zu keinem Entschluss. Als sie sich der Musikakademie näherten, bat Ines den Fahrer, erst vor dem Savoy- Hotel zu halten. „Es hat keinen Sinn, wenn er uns jetzt zusammen sieht. Ich weiß doch, wie fertig er meistens nach so anstrengenden Proben ist."

„Dann habe ich dich noch ein paar Minuten länger", sagte er leise. "Köstliche Minuten, die konzentrierter als eine ganze Stunde sein können."

Beide merkten nicht, als das Taxi hielt. Erst das unüberhörbare Räuspern des Fahrers brachte sie in die Wirklichkeit zurück.

„Haben de Herrschaften sich jut amüsiert, oder soll ick Se noch ene Runde fahren?", biederte er sich an.

Da ließ Pietro einen langen italienischen Satz auf ihn los, dass er erschrocken in sein Auto zurückkroch.

„Wie gern würde ich mit dir so weiterfahren ," flüsterte Pietro Ines zu, „aber wir dürfen jetzt noch nicht träumen, Liebstes!"

Vor dem Hoteleingang verabschiedeten sie sich: „Ich werde versuchen, noch heute mit ihm zu sprechen, obwohl er mir erst morgen Vormittag eine Zusage gegeben hat."

„Ich fürchte, wir machen damit alles nur noch schlimmer ,"zweifelte Ines. Sie gingen auseinander, denn der Portier hatte sie durch die Drehtüre beobachtet und grüßte mit liebenswürdiger Dienstbeflissenheit.

Kurze Zeit später, nachdem Ines durch die Halle gegangen war, kam Viktor mit mir zurück.

Die Probe hatte sich länger als vermutet hingezogen. In der letzten Pause hatte er im Künstlerzimmer sofort nach Ines gefragt. Meine Antwort, dass sie schon vorausgegangen sei, ließ ihn erstaunlicherweise nicht heftig reagieren. Er war bleich und abgekämpft. Schweißperlen standen noch auf seiner Stirn. Jacke und Krawatte hingen lose über seinem Arm. Ich spürte, dass er erschöpft war und ihn zunächst Gleichgültigkeit überfallen hatte.

Im Savoy-Hotel fragte Viktor den Portier zerstreut nach dem Schlüssel. „Fräulein Hellem hat ihn soeben geholt, Herr Professor!"
Viktor stutzte: „Soeben? - Wieso erst soeben?"
„Ja, Ihr Fräulein Braut kam vor wenigen Minuten mit einem Wagen. Ein großer, dunkler Herr begleitete sie!"
Während wir mit dem Lift hinauffuhren, sah ich, wie es in seinem Gesicht arbeitete. Auf dem langen Gang zu unseren Zimmern versuchte ich, ihn zu beschwichtigen. Aber er empörte sich: „Hättest du dieses Treffen mit Vangelisti nicht verhindern können? Hast du vergessen, um was ich dich heute Mittag bat?"
Beinahe hätte ich seinen Vorwurf ebenso unwillig erwidert, doch ich hielt mich zurück: „Ich habe es keineswegs vergessen, aber ich weiß, wie schwer es Ines gefallen ist, noch wegzugehen. Rechte deshalb nicht so hart mit ihr."
Wortlos ging er zu seinem Appartement, schloss die Tür hinter sich und ließ mich stehen.
Mein Zimmer lag gleich nebenan. Unschlüssig ging ich umher. Die äußerst erregten, aber durch den Straßenlärm mir kaum verständlichen Stimmen von Ines und Viktor bereiteten mir Sorgen. Wie sollten diese drei liebenden Menschen mit den seelischen Belastungen den morgigen Tag überstehen? Nach einer geraumen Weile wurde es drüben ruhiger. Ich hörte das Klappern von Besteck und Geschirr auf dem Gang. Viktor hatte das Abendessen auf das Zimmer bestellt.
Ich machte es ebenso und überlegte mir später, ob ich nicht bei Ines anklopfen sollte. Doch da vernahm ich ein kaum hörbares Pochen an der Wand.

Ines war bereits im Negligé, als ich leise bei ihr eintrat. Sie trug einen orientalisch gemusterten Schlafanzug, der ihr sehr gut stand. Sie selbst schien es gar nicht zu wissen, wie reizvoll sie in diesen bis knapp an die Waden reichenden Hosen aussah. Die schmalen Hüften und der Wuchs ihres jungen, elastischen und doch so weiblichen Körpers kamen geradezu verwirrend zur Geltung.
Und so zeigte sie sich Viktor!
„Wick ist sehr böse auf mich", gestand sie. „Vorhin hat er dem Portier gesagt, daß er auf gar keinen Fall mehr gestört werden will. Jetzt

ist es wieder nichts mit der Aussprache zwischen ihm und Pietro!"
Ich war bestürzt: „Wie? Heute abend sollte noch eine Aussprache
stattfinden?"
Ines nickte zaghaft. Aber ich wurde energisch: „Aber das wäre doch
unmöglich! Ihr wollt wohl morgen völlig durchgedreht sein - an die-
sem wichtigen Tag. Jetzt hast du so lange gewartet, Ines, nun laß das
Konzert erst vorüber sein. Dann wird sich schon ein Weg finden!" Mit
hochgezogenen Knien und verschränkten Armen saß Ines auf dem
Sofa. „Wenn auch du noch mit mir schimpfst, Grit, ist alles aus!"
Als ich antworten wollte, kam Viktor herein.
„Heute Abend kein Freundinnengeflüster mehr, Grit! Ines muß jetzt
schlafen, wenn sie morgen wirklich etwas leisten will."
Er ging zum Waschbecken und löste eine Tablette in einem Glas mit
Wasser auf. Ungestüm blitzte ihn Ines an:
„Ich will aber noch mit Grit sprechen! Nie kann ich das tun, was ich
möchte! Immer schreibst du mir alles vor, sogar die Tabletten, die ich
schlucken muß, obwohl du weißt, wie scheußlich ich das finde. O, ich
habe das alles so satt, so restlos satt! Ich werde auch ohne Tabletten schlafen, wenn ich es mir vornehme. Und ich werde das Konzert
morgen schon so spielen, wie du es von mir erwartest, Wick. Aber laß
mich endlich einmal selbständig sein!"
Sie trat vor den Spiegel und löste mit einer unmutigen, temperamentvollen Geste die Spangen und Kämme aus ihrem Haar, bis es in
großen Wellen auf ihre Schultern herabfiel. Dann, - dabei trotzig den
Kopf zurückwerfend - begann sie es mit der Bürste zu bearbeiten.
Nichts war Pose. Jede Bewegung war ungekünstelt.
Viktor trat dicht hinter sie und hielt energisch ihre beiden Handgelen-
ke fest. Er sah sie im Spiegel an, und langsam, als ringe er mit jedem
Wort, sprach er zu ihr:
„Ich kann und will es noch nicht glauben, daß ich meine Liebe die
ganzen Jahre hindurch an einen Menschen verschwendet habe, der
es vielleicht gar nicht verdient!"
Mit einem Gutennachtgruß ging ich unbemerkt aus dem Zimmer.
Drüben bei mir stand ich lange Zeit, - unfähig, irgendetwas zu tun -
am weitgeöffneten Fenster.
Es verging etwa eine Stunde. Ines mußte wohl eingeschlafen sein.

Was hätte ich darum gegeben, gerade jetzt einen vertrauten Menschen zu einer Aussprache um mich zu haben.

Ich legte mir Schreibpapier zurecht, um meinen in Luzern lebenden Eltern ein paar Zeilen zu schicken.

Es war ungewöhnlich schwül draußen. Die heftigen Regenfälle der letzten Tage ließen die Erde dampfen. Die hohe Luftfeuchtigkeit legte sich beklemmend auf Atmung und Gemüt.

Im selben Augenblick, als ich mir die Lampe zurechtrückte und meinen Schreibblock aufklappen wollte, klopfte es.

„Entschuldige, Grit! Ich muß dich kurz sprechen," hörte ich Viktors gedämpfte Stimme. Ich öffnete ihm. Er bat mich um Baldrian, da er Ines seinen letzten Vorrat gegeben hatte.

Erschöpft ließ er sich in einen Sessel sinken. „ich bin so ziemlich auf dem Nullpunkt angekommen." Er stützte den Kopf in beide Hände und schwieg eine ganze Weile. Ich gab ihm ein Fläschchen mit den gewünschten Tropfen, das er mit resignierter Bewegung einsteckte.

„Es will mir einfach nicht in den Kopf, daß sich Ines so völlig verändert hat!"

Ich setzte mich ihm gegenüber und ahnte, daß seine Worte eine ähnliche Situation wie in Zürich einleiteten.

„Du erwartest zu viel von Ines. Viel zu viel bei ihrer Jugend!" Er sah mich hochfahrend an: „Na, erlaube mal, Grit! Wer alles gibt, hat auch das Recht, alles zu verlangen!"

„Es fragt sich nur, ob wir mit dieser Ansicht auch wirklich geliebt werden. Was wir doch anstreben. Du stellst hohe Anforderungen an deine Umgebung und bist enttäuscht, wenn sie nicht erfüllt werden."

„Bisher hat es sich aus meinem näheren Bekanntenkreis noch nie jemand erlaubt, so mit mir zu reden, wie du es tust!"

„Ich habe Schweres erlebt, Viktor, vielleicht deshalb. Was hast du davon, wenn ich wie die anderen aus Respekt vor dir nicht zu sagen wage, wie mir ums Herz ist? Befriedigt es dich, wenn du nur das zu hören bekommst, was dir lieb ist?"

„Bleiben wir beim Thema," schnitt er mir das Wort ab. „Was sollte ich wohl von Grit Carras zu hören bekommen, nach diesem Auftakt in Zürich?" Ironisch blickte er mich an.

Ich bemühte mich, nicht unsicher zu erscheinen, zögerte aber.

Da kam er meiner Antwort zuvor: „Ich weiß ganz gut, daß deine Parteinahme gegen mich noch weiterhin besteht."

„Nein, du irrst! Ich bemühe mich, objektiv zu sein, Viktor. Ines hat sich in Vangelisti verliebt und er in sie. Das kannst du doch nicht einfach übersehen und sie zu etwas zwingen, was sie nicht erfüllen kann. Gib ihr doch noch etwas Zeit, um zu verhindern, daß sie sich ganz von dir abwendet."

Doch da fuhr seine Faust auf den Tisch: „Zum Donnerwetter, jetzt habe ich aber genug!" Wild sprang er auf. „Ich habe die letzten Wochen wohl zu viel Geduld mit ihr gehabt! Und da sprichst du noch von einer Bedenkzeit? - Wenn dieser Vangelisti erst über alle Wolken davon ist, wird Ines keine Zeit mehr haben, ihm nachzutrauern. Wir werden nächsten Monat heiraten. Anschließend haben wir Konzerttourneen ins Ausland vor. Ich denke nicht daran, jemals irgend etwas anderes gelten zu lassen. Was wissen die beiden schon voneinander? Es ist ein Rausch, eine Gefühlsduselei. Im Alltag wird der Traum schnell verblassen. Ich habe das selbst früher zur Genüge erlebt."

„Mit dieser Einstellung wirst du dir Ines´ Zuneigung wohl kaum zurückerobern!"

„Schon einmal habe ich dir gesagt, daß ich deine Einwände nicht brauche, und ich wünsche, daß du das endlich respektierst."

Ich stand auf und wandte mich ab. Zornige Tränen drängten hervor und es war schwer, sie zurückzuhalten:

„Das ist es ja eben, was Ines nicht mehr durchhält: Diesen absoluten Zwang, deine Meinung zu teilen, ohne Rücksicht auf sie selbst. Das ist auch nur mit einem so jungen unerfahrenen Menschenkind wie Ines möglich. Ahnungslos, ohne mütterlichen Rat wurde sie deine Geliebte, obwohl du noch verheiratet warst!"

Viktor ging auf mich zu und drehte mich mit einem unsanften Ruck zu sich herum: „Du gehst entschieden zu weit, Grit! Diesen taktlosen Vorwurf will ich überhört haben!"

Er ließ mich los und ging mit schweren Schritten auf und ab. Wie glich er jetzt meinem Vater, der Viktor in seinem aufbrausenden Temperament, aber auch in der Art, wieder ruhig einzulenken, sehr ähnlich war.

„Meine Ehe mit Herta war ein Albtraum," begann Viktor. „Im ersten

halben Jahr trat sie noch in meinen Konzerten auf, denn sie hatte eine bemerkenswerte Stimme. Aber dann kamen ihre Indispositionen immer häufiger. Als die erste Schwangerschaft kam, zog sie sich ganz zurück. Keine Stunde wollte sie allein sein, wußte mit sich selbst, ihrer Zeit und ihrer Umgebung nichts anzufangen. Eine Fehlgeburt löste die nächste ab. Immer im dritten oder vierten Monat. Sie wollte unbedingt ein Kind. Sie tat mit leid, aber auch als Ines zu uns kam, wurde es nicht besser. Ihre Eifersucht auf das Kind war grenzenlos. Das habe ich ihr nie verziehen. Wenn wir uns etwas zu sagen gehabt hätten, wäre ein Ausgleich dagewesen, aber das war leider nicht der Fall. Geistig nicht - und in anderer Hinsicht erst recht nicht. Und das Wesentlichste ist doch die seelisch-körperliche Harmonie. Deshalb sehnte ich mich immer nach einer jüngeren Frau. Ines schwebte mir als Idealbild vor, schon als sie dreizehn war. Sie hat dann meine Erwartungen so übertroffen, daß ich Hertas Tod als Fingerzeig des Schicksals ansah, Ines zu meiner Frau zu machen."
Ich hatte mich wieder gesetzt. Aus der gegenüberliegenden Bar drang aufdringliche Tanzmusik zu uns herein. Viktor schloß mit meinem Einverständnis das Fenster. Aufmerksam schaute er mich an. Ich hatte den Eindruck, daß er es bereute, sich mir gegenüber ausgesprochen zu haben. Er ging zur Tür um zu gehen, kam aber nochmal zurück. „Du hast zuviel Zeit, um über dich und deine Umgebung nachzudenken, Grit. Das ist nicht gut! Für dich nicht und für Ines und mich auch nicht. Du solltest wieder in deinen früheren Beruf als Fremdsprachen-Korrespondentin zurückgehen, oder wieder ---" Er brach hastig ab, weil er merkte, daß er mich verletzte.
„Danke, für deinen Rat, Viktor", bemerkte ich kalt. „Aber ich bin beruflich ausgefüllt. Du hast vergessen, daß Albrecht noch keine zwei Jahre tot ist. Durch meine Freundschaft zu Ines habe ich mein eigenes Leid besser in den Griff bekommen. Und ich werde mir diese Freundschaft durch dich nicht nehmen lassen, - selbst, wenn ich heimlich mit ihr in Verbindung bleiben müßte."
Beschwichtigend legte er seine Hand auf meine Schulter: „So habe ich es doch nicht gemeint! Trotz unserer Meinungsverschiedenheiten schätze ich dich und weiß, daß Ines große Stücke auf dich hält. Ich habe es sehr bewundert, wie tapfer du damals alles durchgestanden

hast..."

„Ich war nicht tapfer, " widersprach ich, „besonders nicht, als ich außer Albrecht auch noch unser Kind verlieren mußte. Bis heute werde ich nicht damit fertig, daß ich die einzige Überlebende sein sollte." Wir schwiegen eine Weile.

"Manchmal müssen wir Jahre auf eine Antwort warten", sagte er nachdenklich. Warum haben wir uns nicht schon eher ausgesprochen, Grit? Ines ist sehr sparsam mit ihren Erzählungen über dich. Ich habe z. B. damals nicht begriffen, wie du mit deinem Mann diese Gletschertour auf den Monte Rosa machen konntest, obwohl du schwanger warst." Mich überkam ein freudiges Rückerinnern: „Mein Vater hat mich doch schon als Kind im Rucksack mit in die Berge genommen. Und Albrechts Touren mit seinen Studenten ins Hochgebirge waren mir nichts Neues. Nachts gingen wir mit Laternen los, - in kleinen Gruppen, - oder auch allein. Ich war also an das Bergsteigen gewöhnt. Mich störte doch deshalb eine Schwangerschaft nicht. Außerdem ging es mir vom ersten Tage an so ausgezeichnet, daß ich Bäume hätte ausreißen können."

Ungläubig sah mich Viktor an: „Wie ist das möglich, Grit? Bei Herta waren diese Monate ein einziges Jammertal! Und du kletterst in den Felsen herum?"

„Ja", lächelte ich, „Ich konnte gar nicht genug bekommen."

Doch ich wurde wieder ernst: „Es war, als hätte ich damals geahnt, daß ich für Jahre, vielleicht für immer keinen der Viertausender mehr besteigen würde."

„Du hast viel durchgemacht," sagte er anteilnehmend. „Dieses Lawinenunglück war aber auch für die Sommerzeit ein ungewöhnlicher Fall." Es war auf einmal still um uns her, aber diese Stille schuf eine Brücke zwischen Viktor und mir.

„Du wirst nicht allein bleiben, Grit," sagte er nach einer Weile überzeugt. „Das halbe Leben liegt noch vor dir. Du siehst gut aus. Man kann sich bestens mit dir unterhalten und - ich könnte es mir nicht vorstellen, daß sich ein Mann an deiner Seite nach anderen Frauen umsieht."

Ich freute mich über die Wendung unserer erst so hitzigen Debatte und hoffte, daß er jetzt alle Konflikte mit mehr Abstand betrachten würde.

Angeregt durch meine Erinnerung an die Bergtouren mit Albrecht, kam er auf einen Besuch zu sprechen, den er mit Herta und Ines vor zwei Jahren bei uns in Weggis gemacht hatte.

„Herta hatte Geburtstag und wir drei beobachteten dich und deinen Mann durch ein Fernglas beim Wasserschi. Wir stimmten überein, daß ihr ein ideales Ehepaar wart. Später, nach dem Kaffee, beschlossen wir alle, noch auf den Pilatus zu fahren, aber es wurde ein ungemütliches Hin und Her, weil Herta sich plötzlich schlecht fühlte. Sie mußte sich hinlegen. Alle sprangen um sie herum, und es ging erst besser, als sie im Mittelpunkt stand."

„Und dann bist du allein mit Ines auf den Pilatus gefahren," ergänzte ich.

„Ja," sagte er versunken, „und ich habe sie die ganze Fahrt nicht aus meinen Armen gelassen".

Er lehnte sich an die Wand zurück und bedeckte die Hand mit den Augen. „Ich hätte es nie geglaubt, daß seelischer Kummer einem derart zusetzen kann. Seit unserer Rückkehr von Zürich schlafe ich kaum. Statt dessen renne ich umher, komponiere, lese Partituren, - und dann wieder jagen die schlimmsten Vorstellungen durch meinen Kopf. Es ist zum Verrücktwerden, was man sich nachts zusammenphantasiert. Und noch dazu diese Sehnsucht nach Ines..." Abrupt brach Viktor ab. „So, jetzt ist aber Schluß! Ich wollte nur Baldrian holen und habe viel zu viel geredet. Gute Nacht, Grit!"

Ich nahm seine mir herzlich entgegengestreckte Hand: „Das war sicher gut so. Ich wünsche dir und Ines viel Kraft und Erfolg für morgen!"

Ich konnte lange nicht einschlafen. Viktor und Pietro, - zwei ungewöhnlich starke Persönlichkeiten. Für wen würde sich Ines entscheiden? Ich erschrak, denn übermorgen ging die Maschine nach Lissabon. Übermorgen müssen die Schicksals-Würfel gefallen sein!

Der nächste Tag war ausgefüllt mit Pflichten.

Ines saß stundenlang am Flügel. Ich nahm für Viktor mehrere wichtige Telefonate entgegen. Ihn bekamen wir kaum zu sehen, da sich

ständig unvorhergesehene Besprechungen dazwischen drängten.
Mittags kam er abgehetzt zurück, um wenigstens nach Tisch etwas
Ruhe zu finden. Aber selbst das war wegen fortgesetzter Störungen
nicht möglich. Dazu lag eine brütende Hitze über der Stadt wie im
Hochsommer. Ines telefonierte heimlich mit Pietro, und beide konnten kein Ende finden.
Als ich am frühen Nachmittag über den Kudamm ging, um für Viktor
und Ines noch etwas zu erledigen, traf ich zufällig Pietro vor den
Schaufenstern einer großen Musikalienhandlung.
Ich ging nicht gleich auf ihn zu, weil es mir Spaß machte, ihn ein wenig zu beobachten. Er trug hellgraue Shorts, die ihn besonders klei-
deten, weil seine braungebrannten Beine gut gewachsen waren. Dazu ein kurzärmeliges, gelbes Leinenhemd, wie es für die jungen Männer jetzt modern ist. Ich bemerkte, wie interessiert ihn die vorbeige-
henden Mädchen und Frauen ansahen. Da er eine Sonnenbrille trug,
konnte ich seine Augen nicht sehen.
Auf einmal drehte er sich mir zu, als habe er meinen Blick gespürt.
Mit einem freudigen Ausruf begrüßte er mich: „Buon giorno, Grit! Lei
è una parte dell'Ines!" „Ein ganz kleines Stück", erwiderte ich.
Er deutete auf ein Paket mit Langspielplatten in seiner Hand:
„Ich habe sie mir gerade besorgt, um sie morgen meinem Bruder Enrico nach Lissabon mitzunehmen. Er verfolgt gespannt jede Aufnah-
me von mir." Pietro zählte mir mehrere seiner Konzerte auf. „Sie sollen sich auch eine Platte auswählen, Grit. Welche ist ihnen am liebsten?" Ohne zu zögern entschied ich mich für Brahms.
Wir gingen eine kleine Strecke miteinander. Gewandt führte er mich
durch den turbulenten Verkehr. Wir spürten den Atem dieser erre-
genden Stadt mir ihren über den Trümmern des Krieges neu ent-
standenen Bauten, der Überfülle modernster Geschäfte und dem
Charme der mit wippenden Röcken vor uns hertrippelnden Frauen.
Trunken umtanzten Wespenschwärme die mit Trauben beladenen
Obstkarren der fliegenden Händler, umfangen von der Glut des ab-
schiednehmenden Sommers.
Natürlich konnte es Pietro nicht unterlassen, Komplimente in unser
Gespräch einzuflechten.
„In Italien wäre es undenkbar, daß eine Frau wie Sie ohne Kavalier

durch die Stadt geht. In der Schweiz haben Sie bestimmt viele Verehrer?"

Ich sagte ihm, daß ich daheim gute Freunde hätte, aber die Bindung an meinen verstorbenen Mann sei noch sehr stark.

„Sie werden wieder glücklich werden, Grit!" Er sagte das so überzeugt, daß ich erstaunt zu ihm aufsah. Seine gelassene Heiterkeit wirkte ansteckend, als gäbe es kein Problem, das nicht zu lösen wäre. Wir strebten auf eine kleine Eisdiele zu und setzten uns für eine Viertelstunde unter den Schatten einer Kastanie.

Pietro wurde sehr ernst: „Morgen um diese Zeit werde ich nicht mehr hier sein. Es wird weit über ein Jahr vergehen, bis ich wieder nach Deutschland zurückkomme. Für Ines ist es die letzte Möglichkeit, ihr Leben zu ändern. Aber sie muß sich in weniger als vierundzwanzig Stunden entscheiden!"

Kurz erwähnte Pietro den Zwischenfall bei der Generalprobe und gab mir zu verstehen, daß er sich bisher vergeblich bemüht habe, Prof. Xylander zu sprechen: „Je mehr ich ihn kennenlerne, desto besser begreife ich Ines, und weiß, daß sie gar nicht anders handeln kann."

„Es ist eine ungeheure Belastung, vor einem so wichtigen Konzert unter einem derart schweren Konflikt zu stehen," gab ich zu bedenken. „wenn wir doch nur wüßten, ob solch ein kühner Entschluß, wie Sie ihn morgen durchführen wollen, auch wirklich richtig ist?"

Nachdenklich schwieg Pietro. Als wir uns erhoben, sagte er: „Mir geht da der Ausspruch eines Philosophen durch den Sinn: Wenn wir ernste Entscheidungen treffen müssen, wir aber unschlüssig sind, hoffen wir auf ein Wunder, das uns geschickt werden soll. Doch das Wunder liegt in uns selbst verschlossen. Nur, wem es gelingt, sich zu überwinden, dem wird es offenbart werden. Und er wird den rechten Weg wissen."

„Wer sich selbst überwindet, kann auch auf Größeres verzichten. Können Sie das, Pietro?"

Sofort kam seine Erwiderung: „Wenn Ines damit geholfen wäre, ja!" Noch ganz beeindruckt von dieser unerwarteten Äußerung, verabschiedete ich mich von ihm und setzte meinen Weg fort.

Nachdem ich noch etwas eingekauft hatte, betrat ich in der Nähe das

"KaDeWe" ein elegantes Blumengeschäft.

Die Inhaberin, Baronin Prittwitz, eine sympatische Dame, sagte, als ich ihr meine speziellen Wünsche vorgetragen hatte; „Das freut mich sehr, daß Sie zu mir kommen, denn ich kenne den Professor schon, seit er die Berliner Philharmoniker dirigiert und versäume kein Konzert."

Es war rein zufällig, daß ich im selben Geschäft wie Viktor für Ines Blumen aussuchte. Frau von Prittwitz zeigte mir das wundervolle Arrangement, das er mit besonderer Sorgfalt, Geschmack und der Genialität eines Künstlers zusammenstellen ließ. Es waren exotische Pflanzen, Blüte für Blüte ein Gedicht, als habe sie Viktor extra aus den Sonnenländern der Erde für Ines großen Tag hierher kommen lassen. Frau von Prittwitz freute sich über mein Interesse und erzählte mir, daß sie Ines noch als Kind erlebt habe. „Es ist noch gar nicht lange her, daß mir Professor Xylander ein Teenager - Foto von seiner Pflegetochter zeigte. Im vorigen Jahr um diese Zeit war er zuletzt mit ihr hier. Ich entsinne mich, daß sich Fräulein Ines schwärmerisch eine Amarillis aussuchte. Es ahnte ja niemand, daß sie seine zweite Frau werden, und sich sogar mit den Philharmonikern als Pianistin vorstellen würde. Da darf man auf heute abend also doppelt gespannt sein!"

Mit einem großen Strauß gelber Teerosen verabschiedete ich mich.

Es war die höchste Zeit, ins Hotel zurückzukehren.

Ines schloß gerade in der Seitenhalle den Flügel und eilte mit mir hinauf. Ich berichtete ihr von meiner Begegnung mit Pietro. Mehrmals mußte ich ihr seine Worte wiederholen.

„Ach, Gritli, ich hoffe ja selbst, daß bis morgen noch ein Wunder geschieht und ich mit ihm fliegen kann."

Je später es wurde, desto mehr ergriff sie eine fieberhafte Unruhe.

„Mein Gott," rief sie leidenschaftlich aus, „es ist ungeheuerlich, als Frau solch ein dynamisches Werk zu interpretieren! Nur wenige junge Pianisten spielen dieses Konzert. Aber Wick fordert und erwartet von mir eine Höchstleistung."

„Aber er ist auch dein Dirigent, Ines. Es muß dir doch eine Beruhigung sein, daß er ganz auf dich eingestellt ist und du dich in jeder Beziehung auf das Orchester verlassen kannst. Also, - kein Lampenfieber!"

„Pietro hat auch Lampenfieber," gestand Ines, „aber nur die ersten paar Takte, dann ist es vorbei."

Während Ines mit ihrer Frisur beschäftigt war und ich noch etwas zu nähen hatte, kam Viktor zurück.

„Was ist mir dir, Wick? Du siehst gar nicht gut aus!" Ines ging auf ihn zu. Er lächelte, aber es wirkte gequält. „Laßt euch bitte in euren Vorbereitungen nicht stören."

Dabei zog er Jackett und Krawatte aus, legte sich auf die Couch und schloß die Augen. „Es wird wieder besser werden," sagte er halblaut. „Bin nur ziemlich fertig. Das war aber auch ein verflixter Tag heute. Alles ging quer!"

Ines ging in sein Zimmer hinüber, um ihm ein Glas Sanddorn zu bereiten, den er oft trank, wenn er sehr abgespannt war.

Rasch und leise wandte er sich zu mir: „Wenn nicht Ines heute spielte, würde ich glatt absagen, Grit. Ich hatte vorhin einen Schwindelanfall am Steuer. Es ist noch gut gegangen. Ich kenne sonst so etwas gar nicht. Bitte, nichts zu Ines sagen, ja nicht! Sie soll sich ganz und gar auf ihren Auftritt konzentrieren können."

Ines reichte ihm das Getränk und meinte besorgt, ob sie nicht einen Arzt fragen sollten. Der Abend sei sehr anstrengend für ihn. Aber Viktor wehrte ab: „Nein, Kind, das würde mir heute gerade noch fehlen!"

Sie bat Viktor, sich in sein Zimmer zu legen: „Ein Stündchen könntest du dich noch ausruhen. Wir werden jede Störung fernhalten."

Ich ging zum Umziehen hinüber. Viktors Unpäßlichkeit versetzte mich in grübelnde Unruhe.

Als ich zurückkehrte, stand für uns ein kleiner Imbiß bereit.

„Noch nicht herschauen, Grit! Gleich bin ich fertig", rief mir Ines hinter dem Paravan zu.

Dann stand sie in ihrem neuen Konzertkleid vor mir. Es war ein Prachtgewand aus hellblauer, mit Perlen bestickter Seide. Allein der Ausschnitt war eine Augenweide. Er gab den Ansatz ihrer Schultern frei, um dennoch die Blöße der Arme mit einem anliegenden, halblangen Ärmel zu bedecken. Das Oberteil war bis über die Hüften hinab hauteng, was betont das jugendliche Oval ihrer Brust und die

Schlankheit ihrer Taille hervorhob. Der Rock bauschte sich in malerischem Faltenwurf bis zu den Spitzen ihrer silbernen Schuhe hinab. Mit ihrem gewinnenden Lächeln, gänzlich frei von aller Selbstgefälligkeit, dankte sie mir für meine bewundernden Ausrufe.

„Eigentlich war es Wicks Idee," sagte Ines und schminkte sich dabei vor dem Spiegel. „Seit meiner Kindheit hat er die meisten Kleider für mich ausgesucht."

Ich pflichtete ihr bei, daß er einen trefflichen Geschmack für modische Dinge besäße.

Als er dann selbst dazukam, sah er sie lange an:

„Wie ähnlich du deiner Mutter bist," sprach er seltsam entrückt. „Genauso wie du jetzt im festlichen Kleid, stand sie vor mir, als ich sie zum letzten Mal sah! Wir feierten ihren Geburtstag und waren sehr vergnügt." Und nur mir vernehmbar: „Am nächsten Abend lebte sie nicht mehr!"

Rasch wandte er sich ab, trat vor den Spiegel und zupfte seine weiße Fliege zurecht. Auf Ines Frage, wie er sich fühle, erwiderte er zerstreut: „Danke, besser! Mein linker Arm macht mir zwar noch zu schaffen. Seit ein paar Tagen spüre ich hier oben einen verhaltenen Schmerz, der mir langsam lästig wird. Sicher habe ich irgendwo Zug bekommen." Mit einer geringschätzigen Geste hoffte er dieses Thema aus der Welt zu schaffen.

Der Frack stand ihm ausgezeichnet. Seine kräftige, hohe Gestalt wirkte geschmeidig und verjüngt durch die Elastizität seines Ganges und seiner Bewegungen.

Dann wurde ich einer halb ironischen und halb wohlwollenden Musterung unterzogen: „Ich vermisse das Dekolleté. Wozu so streng geschlossen, Grit? Und keine hohen Absätze?"

„Es ist wirklich schwer, es dir recht zu machen, Wick", schmollte Ines, indem sie nach der Platte mit den Sandwichs griff. In ihrem Lampenfieber packte sie herzhafter zu, als sie es sich sonst ihrer schlanken Linie zuliebe gestattete.

„Ich habe nur an denjenigen etwas auszusetzen, die mir nicht gleichgültig sind. Soweit müßtest du mich doch kennen," gab er zu Antwort. Er merkte wohl meine Verlegenheit, denn schnell ging er darüber hinweg: „Als ich heute mittag an einer Kreuzung halten mußte, ging Vangelisti mit einer jungen Dame dicht an mir vorbei. Ihr hättet mal sehen sollen, wie sich die Frauen und Mädchen die Köpfe nach ihm verdrehten! Von seiner Begleiterin konnte ich nur ein interessantes Profil erblicken, eine sportlich elegante Figur, aber zu kurz geschnittenes Haar und „schweizerische Stöckelschuhe". - Das kann doch nur Grit sein, durchfuhr es mich. Stimmts?"

Ich machte einen spöttischen Knicks: „Jawohl, Herr Professor, es stimmt! Ich traf ihn zufällig vor der Musikalienhandlung. Und - á propos, was die Absätze anbetrifft, so sehe ich nicht ein, mir Ihnen zuliebe die Fersen zu brechen."

Wir drei lachten auf, verwundert über uns in dieser aufregenden Situation.

In einer Stimmung, die beinahe an beschwingten Selbstbetrug grenzte, stiegen wir in ein Taxi.

Viktor vertiefte sich noch mit Ines in einen heiklen Absatz der Partitur, denn er spürte ihre Beklommenheit. Zuversichtlich sagte er „Musikalisch habe ich dich immer einen steinigen Weg geführt, Kind. Und weil du diesen gewohnt bist, wirst du nicht stolpern!"

Dann hielten wir vor der Musik-Akademie.

Damen in eleganten Toiletten und Herren im Frack entstiegen den vorfahrenden Wagen. Polizisten in Galauniform wiesen zu den Parkplätzen. Es war das erwartungsvolle Kommen, Verweilen und Nähern eines anspruchsvollen, zum Teil auch verwöhnten Konzertpublikums, das zeigte, welch zunehmender Beliebtheit sich Viktor als Gastdirigent erfreute.

Außerdem übte Pietros Name eine große Anziehungskraft aus, und - das erste Auftreten der jungen Pianistin erweckte Neugierde, da viele wußten, daß sie die Braut Xylanders war.

Ich begleitete Ines zum Künstlerzimmer, denn Viktor war bereits aufgehalten worden. Schon auf der Treppe hörten wir Pietros Guarneri. „Er spielt sich ein," sagte Ines. „Ich werde jetzt zu ihm gehen. Er bat mich darum."

Mit ermutigenden Worten drückte ich ihre Hand, die leicht zitterte. Dann eilte ich zu meinem Platz.

Selten habe ich einen Konzertsaal so überfüllt gesehen, - sogar die Stehplätze waren ausverkauft.

Hinter dem Orchester, das hufeisenförmig von dichten Zuschauerreihen umgeben war, hatte ich meinen Platz.

Es bedeutete für mich etwas Besonderes, den berühmten Philharmonikern so nahe zu sein, hineinzulauschen in das Stimmgewirr von Bläsern und Streichern und ihre gewichtigen Vorbereitungen mit Spannung zu beobachten. Ich fühlte mich ganz in das unmittelbare Geschehen mit einbezogen, denn ich hatte Dirigent, Orchester und Solisten nah in meinem Blickfeld.

Endlich stand Viktor im stürmischen Begrüßungsapplaus.

Mit der ihm eigenen, dominanten Geste hob er den Taktstock zur Fantasie-Ouvertüre von Tschaikowsky "Romeo und Julia".

Bei den ersten Klängen der von düsteren Vorahnungen bestimmten Einleitung bestürzte es mich, daß er als Auftakt für dieses glanzvolle Konzert gerade dieses tragische Werk ausgesucht hatte.

Welch gemeinsame Empfindungen mögen wohl Ines und Pietro in diesen Minuten haben?

Mit ungewöhnlichem Ernst leitete Viktor das Orchester, steigerte die leidenschaftlichen Synkopen zu erregenem Kampf, hob das Liebesthema mit seinem sehnsuchtsvollen Gesang leuchtend empor.

Seine Bewegungen waren knapp und prägnant, durch keine überflüssige Geste gestört. Eine bezwingende Macht ging von seinem Blick und von seinen Händen aus. Zum ersten Mal sah ich sie bewußt, diese durchgeistigten, bis in den feinsten Nerv der Fingerspitzen hinein empfindsamen Dirigentenhände, in denen kraftvolle Energie und zarteste Behutsamkeit lag.

Der Schluß dieses aufwühlenden Werkes endete im dumpfen Wirbel der Trommeln - in erschütternder Resignation.

Das Publikum verharrte eine Weile schweigend, noch ganz versunken, - und gab erst verhalten, dann aber freudigen Beifall.

In der nun folgenden, kurzen Pause wurde der Flügel hereingeschoben.

Dann führte Viktor Ines in die gespannte Stille.

Sie ging an seinem Arm, so gelöst und ohne Scheu, als schreite sie zu einem Tanz. Mit der vollendeten Grazie, die mich stets von neuem entzückte, setzte sie sich an den Flügel und sah zu Viktor auf.

Sekunden zögerte er mit seinem Einsatz und sah sie an, als wollte er ihrer beider Übereinstimmung zu diesem Werk voll auskosten.

Der grandiose Beginn dieses Konzertes erinnerte mich immer an einen schwierigen Aufstieg mit Albrecht, bei dem wir - in einer Felswand stehend - das Festgeläut sämtlicher Glocken vom Tal herauf vernahmen. Von den ersten Takten an wurde Ines Spiel zu einer Überraschung, die gebannt aufhorchen ließ. Es war die virtuose Kraft ihres Anschlags, die niemand in diesen zarten Händen vermutete. Die Verinnerlichung des langsamen Satzes erfuhr im Zwiegesang mit den Celli eine weitere Steigerung.

In Viktors Gesicht war Bewunderung zu lesen, die die Pianistin und Dirigent in ihrer Hingabe an dieses faszinierende Werk eins werden ließ. Mit Könnerschaft meisterte Ines zuletzt die majestätischen Oktavensprünge. Mit rasantem Tempo, vom Orchester im Finale hymnisch getragen, errang sie sich einen triumphalen Erfolg.

In den Schlußakkord brach der Jubel hinein.

Ines verneigte sich scheu, als könne sie noch nicht fassen, daß die Begeisterung ihr galt. Voll aufwallenden Gefühls streckte sie Viktor beide Hände entgegen und begegnete seinem strahlenden Blick, der ihr mehr sagte, als alles Lob.

„War es eine Kathedrale?" fragte sie leise.

„Die schönste der Welt", erwiderte er. „Ich werde sie dir zeigen." Und er küßte ihre Hände vor all den Tausenden von Augenpaaren. Es hatte sich bereits herumgesprochen, daß er seit vielen Jahren ihr Lehrer und daß ihr Erfolg somit auch der seine war.

In diesem Freudensturm kam es mir gar nicht zum Bewußtsein, daß das heutige Festprogramm noch einen Höhepunkt erwarten ließ.

Im Künstlerzimmer fand ich Ines unter zahlreichen Gratulanten, von Blumen verschwenderisch umgeben. Ich trat dazu, konnte ihr aber nur wenige Worte der Freude zuflüstern.

Erst, als das Klingelzeichen ertönte, nahmen wir unsere Plätze ein. Ines hatte in meiner Nähe noch einen freigewordenen Sitz erhalten. Wir konnten uns beide sehen.

Ungewöhnlich lange mußte das Orchester auf seinen Dirigenten warten. Unruhe steigerte sich von einer Minute zu anderen.

Dann erschien er endlich - auffallend bleich - an seiner Seite Pietro. Viktor trat ans Pult und Pietro verneigte sich, vom Publikum freudig begrüßt.

Sofort mit den ersten Bogenstrichen riß er alle mit.

Sein Spiel war so souverän, wie das königliche Thema des einleitenden Satzes. Bei der Kadenz herrschte eine elektrisierende Spannung im Saal. Zwischen den kurzen Atempausen der Pizzicati und Flageoletts war es so still, daß niemand auch nur das leiseste Räuspern gewagt hätte. Ich sah auf Viktor, der auch dieses Konzert ohne Partitur dirigierte. Er war völlig auf den Solisten eingestellt, denn diese Stunde des gemeinsamen Erfolges stand über allen persönlichen Konflikten.

„Sie sind ebenbürtig," dachte ich, „was der eine an Jugend und Kühnheit an sich hat, gleicht der andere aus durch die Reife und Erfahrung seiner ebenso vitalen und genialen Natur."

Und wieder verwirrte mich die Frage, wem Ines den Vorzug geben sollte. Mein Gespräch mit Viktor am vergangenen Abend kam mir in den Sinn. Es hatte uns über den Umweg eines heftigen Wortwechsels plötzlich in den Bereich des Persönlichen geführt. Ich war beschämt darüber, daß ich bisher immer nur an Ines gedacht hatte. an Ines, an ihre Jugend, ihre Gefühle und an ihre Liebe zu Pietro. Nie hatte ich mir Zeit genommen, auch an Viktor zu denken, was mir nun als ebenso wichtig erschien. In meiner einseitigen Beurteilung kam ich mir sehr unfertig vor.

Am Ende des ersten Satzes trat etwas ein, was sonst nicht üblich ist: Das Publikum applaudierte und gebärdete sich äußerst enthusiastisch. Mit einem Lächeln verbeugte sich Pietro.

Die Canzonetta begann. Ines saß mit geschlossenen Augen und nahm die traumschöne Weise wie ein zärtliches Wort des Geliebten in sich auf. Dann aber, je mehr das russische Lied verklang und dem ungebändigten Finale entgegendrängte, spürte ich eine heimliche Unruhe in Pietros Spiel aufsteigen. Mehrmals strich er sich während des Tuttis eine verwegen herabfallende Haarlocke zurück. Ich konnte sehen, daß er wiederholt beunruhigt zu Viktor sah, dem das Stehen auf einmal immer schwerer zu fallen schien. Einige der Philharmoniker warfen sich fragende Blicke zu.

Plötzlich griff Viktor mit einer jähen Bewegung nach seinem linken

Arm, - aschfahl im Gesicht. Seine Hand umklammerte das Pult. Schrill, wie ein Aufschrei riß die Musik ab.

Pietro stürzte auf ihn zu. Mit einem der Musiker geleitete er Viktor langsam hinaus, - Schritt für Schritt.

Ines und ich verließen rasch, in großer Sorge den Saal.

„Stützen Sie sich fest auf mich, ganz fest," hörte ich Pietro sagen. Ines war dicht an Viktors Seite, Sie hielt seinen Arm umfaßt und sprach tröstend, doch vor Erregung zitternd auf ihn ein: „Du wirst dich gleich hinlegen können! Dann wird es sofort besser werden!" In einem der Nebenräume wurde Viktor niedergelegt. Er atmete unter mühsam unterdrückten Stöhnen. Eine Hand griff immer wieder nach dem Herzen.

Der sofort herbeigeeilte Arzt untersuchte ihn. Er sprach von anginösen Beschwerden. Noch bestünde kein Grund zu einer ernsteren Besorgnis. Überarbeitung! Viel zu wenig Ruhe! Nachdem er Viktor eine Spritze gegeben hatte, wandte er sich an Ines: „Es wird hoffentlich jetzt vorübergehen, wenn Professor Xylander streng auf sich achtet. Ein Rückfall kann sehr ernste Folgen haben." Er verordnete Bettruhe und Medikamente und richtete den dringenden Apell an die Nächststehenden, ihn vor jeder Aufregung zu schützen.

Da klopfte es an der Tür. Es war der Orchestervorstand und hinter ihm ein aufgeregtes Stimmengewirr. Pietro unterhielt sich flüsternd mit ihm und wandte sich dann an den Arzt: „Das Publikum und das Orchester warten noch unschlüssig auf ihren Plätzen. Sie wollen wissen, wie es Professor Xylander geht."

Viktor öffnete die Augen und sprach langsam, - gequält: „Nein, nein, daß ich das Finale nicht mehr durchhalten konnte!"

„Das ist jetzt ganz unwichtig!" beschwichtigte Pietro.

„Gehen sie jetzt, und beruhigen Sie das Publikum mit ihrem Instrument. Solch ein abrupter Abschluß ist unzumutbar. Sagen Sie, daß es mir besser geht!"

Pietro ging hinaus. Viktor schloß die Augen wieder. Er ließ Ines´ Hand nicht los.

Durch die angelehnte Tür hörten wir die "Chaconne" von Bach.

Pietro hätte nicht klüger wählen können. Dieses wohl vollendetste Werk für Solo- Violine schloß sofort die Lücke, welche die jähe Unterbrechung hervorgerufen hatte und führte so zu einem weiteren Höhepunkt des Abends.

Viktor versuchte sich langsam aufzurichten, Zum Erstaunen des Arztes war die Reaktion auf die Spritze ungewöhnlich rasch.

„Ich fahre Sie in Ihr Hotel. Wir wollen jetzt keinen Rückfall riskieren!"

Viktor versuchte zu scherzen: „Seit vielen Jahren haben die Mediziner durch mich keinen Pfennig verdient, Doktor!"

Angespannt horchte er auf Pietros Spiel. Dann sagte er zu Ines: „Laß uns gehen, Kind, der Vangelisti braucht uns nicht. Mich nicht, - und dich auch nicht!"

Ehe er Ines´ Arm nahm, flüsterte sie mir zu, daß ich noch auf Pietro warten solle. Dann geleitete der Arzt die beiden hinaus.

Im Konzertsaal drängten sich die Begeisterten bis zum Podium vor. Die Philharmoniker saßen noch vollzählig auf ihren Plätzen.

Pietro spielte noch eine Zugabe. Ich kannte das Werk nicht, und er sagte es leider nicht an. Wie sehr bedauerte ich es, daß Ines nicht mehr dabei war. Denn in dieser Stunde, in der ich ihr Schicksal entschieden glaubte, ahnte ich noch nicht, daß es die letzten Töne waren, die Pietros Geige in uns hineinsenkte.

Er war ganz entrückt - ganz fern. Aber es lag ein Glanz über ihm, der manchmal Menschen umgibt, denen es nur kurz vergönnt ist, auf Erden zu weilen. Dafür sind sie meist mit einer besonderen Gabe bedacht.

Dann stand ich ihm gegenüber. Er preßte beide Hände an die Schläfen und ging auf und ab. Eine Zeitlang schien er meine Gegenwart kaum zu bemerken. Doch dann blieb er vor mir stehen und sprach mit einem Ernst, der mich erschütterte:

„Selbstverständlich werde ich morgen ohne Ines abreisen. Denn was ich noch heute mit ihr besprochen habe, ist jetzt hinfällig geworden. Ich habe mir das alles viel einfacher vorgestellt, denn sie ist ja noch durch kein Gesetz an ihn gebunden, und niemand könnte Ines daran hindern, sich mir zu vermählen. Aber da ist noch etwas anderes, daß stärker sein kann als Gebote und Gesetze: das ist die seelische Verantwortung für einen Menschen, die wir nur mit unserem Gewissen vereinbaren können, und die uns keiner abnimmt. Deshalb will ich Ines weder bedrängen, noch beeinflussen, so schwer es mir fällt."

Ins Hotel zurückgekehrt, dauerte es nicht lange und Ines trat in mein Zimmer. Sie trug noch ihr Konzertkleid.
„Er schläft, Grit, tief und ruhig. Der Arzt untersuchte ihn noch und gab ihm ein Medikament. Wick legte sich sofort hin und sagte mir, wie sehr er sich über mein Konzert gefreut hat. Ich kenne ihn kaum krank, denn er lebt sehr vernünftig, daß ich immer gedacht habe, ihm könne nie etwas zustoßen."
Ich erinnerte sie daran, daß er sich in letzter Zeit, aber besonders heute gar nicht wohlgefühlt habe. „Als ich ihn gestern sah, fiel mir sofort auf, daß ihm die seelischen Belastungen ungemein zugesetzt haben. Da ist doch der Zusammenbruch kein Wunder!" Ich merkte, daß Ines unter meinem Vorwurf zusammenzuckte, doch ich mußte tief Luft holen, um noch mehr zu sagen: „Hast du denn nicht schon in München gemerkt, wie es um ihn steht?" „Ich mußte immerzu an Pietro denken!" Sie schlug die Hände vors Gesicht: „Ach Gritli, jetzt ist alles aus! Ich weiß es!"
Ich sagte nichts, und Ines deutete mein Schweigen als bejahende Antwort.
Langsam und stockend, dann immer hastiger, als fürchte sie, unterbrochen zu werden, erzählte sie mir alles: von unserem Abschied in Zürich, von den Tagen im Münchner Heim, dem letzten Hauskonzert und seiner nachfolgenden dramatischen Auseinandersetzung. Wie er bei ihrem gemeinsamen Essen im Königshof erfahren hatte, daß sie mit Pietro heimlich korrespondierte. Auch Viktors letzte Worte vor seinem Flug nach Berlin vertraute sie mir an.
„Und wenn er jetzt käme, Ines, und dich daran erinnerte?"
Da sank sie unter verzweifeltem Schluchzen neben mir nieder.
„Gritli, ich liebe dich wie eine Schwester, du weißt sehr vieles über mich. Sage mir, was ich tun soll! Bitte, rate mir doch!"
Behutsam zog ich sie zu mir empor. Es war schwer, in meiner Ergriffenheit wohlüberlegte Worte zu finden, die ich diesem hin und hergerissenen und noch so leicht zu beeinflussenden Wesen sagen mußte: „Dein großer Erfolg heute an Viktors Seite war etwas so Unvergeßliches, daß ich mir ab heute keine Trennung mehr zwischen

euch vorstellen kann! Und dieser Zwischenfall im Konzert? Ist dir das Schicksal nicht geradezu entgegengekommen, um dir deinen Entschluß zu erleichtern? Du würdest es dir nie verzeihen können, wenn du ihn so, wie es jetzt um ihn steht zurückließest. - Vielleicht sollten diese Monate nur eine Prüfungszeit für euch sein, und du findest erst richtig zu ihm zurück, wenn du dich damit abgefunden hast, Pietro nicht wiederzusehen!"

Doch da fuhr Ines wie ein trotziges Kind empor: „Auf einmal hältst du zu Wick? Jetzt hat er dich auch noch beeinflußt!"

Ich schüttelte den Kopf: „Es hat mich erschüttert, wie sehr er sich dein Verhalten zu Herzen genommen hat. Du bittest mich um einen Rat. Und da kann ich dir nur sagen: Versuche es wieder mit ihm!"

Wir wurden durch das Telefon unterbrochen. Pietro fragte, ob er wohl Ines noch sprechen könne.

Leise ging ich hinaus.

Als ich dann mein Zimmer wieder betrat, fand ich sie tief versunken dem Gespräch nachsinnend.

„Ich habe ihm versprochen, ihn morgen kurz zu treffen, und wenn es erst auf dem Flugplatz ist."

Berauscht durch den Erfolg ihres Konzertes hatte sie die neue Situation noch kaum erfaßt. Erst jetzt, nach dem Anruf Pietros kam ihr diese zum Bewußtsein.

Nachdem Ines noch einmal nach Viktor gesehen hatte, brachte ich sie zu Bett. Ich deckte sie zu wie ein Kind, doch völlig erschöpft und willenlos, spürte sie es gar nicht mehr...

Ich weiß nicht, wie spät es war, als ich mich niederlegte. Ich war todmüde,so daß ich sofort einschlief.

Es muß mitten in der Nacht gewesen sein, als ich, durch einen gellenden Schrei geweckt, hochfuhr. Voller Angst lauschte ich. Es war ein Aufschrei gewesen, wie ihn jemand in schreckensvollem Traum ausstößt.

Ich hatte mich nicht getäuscht. Nebenan, in Ines Zimmer knarrte eine Tür. In der Tiefe der Nacht war aller Straßenlärm verstummt, und jedes Geräusch im Hotel drang umso eindringlicher ins Ohr.

Deutlich konnte ich Viktors Stimme hören:

„Ines, Kind, - verzeih, daß ich dich so erschreckt habe. Aber ich hatte einen schlimmen Traum:

Während ich schlief, warst du fortgegangen. Als ich erwachte und nach dir rief, wurde mir gesagt, daß du nicht mehr wiederkommen würdest... o, du, daß du da bist! Ich ertrüge das Leben nicht ohne dich. Du mußt es doch aus jedem Wort, in jeder Stunde erneut spüren, wie lieb ich dich habe."

Ich konnte nicht anders: Ich hielt den Atem an und preßte beide Hände vor die Brust. Ines' Antwort verstand ich nicht. Aber Viktors Stimme, eben noch zerrissen vom Schreck dunkler Träume, bebte jetzt vor Verlangen und Sehnsucht, Ines zu umfangen. Ich vernahm Worte von einer solch beglückenden Zärtlichkeit, daß ich zutiefst erglühte - bis sie hinabtauchten und mitgerissen wurden vom geheimnisvollen Liebesstrom der Nacht.

Es wurde still drüben, - ganz still.

Und ich empfand ein seltenes Glücksgefühl, denn es wurde mir bewußt, daß ich die Erfüllung dieser Nacht im geheimen für ihn gewünscht hatte.

Und Ines? Daß trotz ihrer Hingabe der Verzicht in dieser Stunde beschlossen war, würde die Zeit, ihre Jugend und Viktors unerschütterliche Liebe zu ihr ausgleichen.

Gegen acht Uhr morgens erwachte ich. Von nebenan war kein Laut zu hören. Ich machte mich rasch fertig und ging zum Frühstück hinunter. In dreieinhalb Stunden würde Pietros Maschine abfliegen!

Als ich fertig gefrühstückt hatte und den Fahrplan für meine Abreise am Nachmittag durchsah, wurde ich ans Telefon gerufen. Es war Pietro. Er wollte Ines sprechen, denn er müsse in zwei Stunden von seinem Hotel abfahren.

Er spürte, wie ich zögerte, wie es mir schwerfiel, ihm zu antworten. Wie es dem Patienten gehe, wollte er hören. „Besser" sagte ich und quälte mir jedes Wort ab. Auf einmal schien er es zu wissen:

„Ines ist bei ihm, Grit?" „Ja" erwiderte ich leise.

Es trat ein Schweigen zwischen uns, von dem keiner wußte, wann sich die lähmende Gewißheit lösen würde.

„Ich kann mir nicht denken, daß mich Ines ohne ein Wort abreisen läßt. Ich werde bis zum letzten Moment warten."

Wenig später, als ich mit dem Lift nach oben gefahren war, stand Ines vor mir. Sie war in ihren Morgenmantel aus zart Rosé gehüllt. Ihr Haar fiel aufgelöst über die Schultern.

Erschrocken über ihre Blässe, teilte ich ihr Pietros Anruf mit. Sie sagte mir, daß es Viktor wieder gut gehe. „Aber er will nicht, daß ich Pietro noch einmal sehe!"

Da klopfte es an der Tür. Viktor bat Ines und mich, hinüber zu kommen. Drüben sahen wir uns beide an - Sekunden nur. Mir wurde selten froh zumute unter seinem warmen Blick. Er spürte wohl, daß ich alles wußte.

„Du siehst viel besser aus," - sagte ich rasch. Es war in der Tat auffallend, wie sehr er sich verändert hatte.

Lächelnd erklärte er, daß er sein Gleichgewicht wiedergefunden habe. „Doch die Zauberin, die das fertiggebracht hat, ist Ines!"

Er ging auf sie zu und drehte ihr Gesicht zu sich:

"Was gibt es Liebstes? Du schmollst noch, wegen Vangelisti? - Gut, ich will kein Tyrann sein. Ich werde ihn anrufen und fragen, ob er noch kurz zu uns kommen kann."

Aber als er Ines´ abwehrende Haltung sah, wurde er ärgerlich: „Nur so kann ich dir diese rührselige Abschiedsstimmung mit ihm allein ersparen, Kind. Es kommt doch nichts dabei heraus. Wozu sollen gute Vorsätze wieder ins Wanken geraten? Mehr denn je gehörst du jetzt zu mir!"

Liebevoll sah er Ines an.

Rasch entschlossen ging er ans Telefon und verlangte Pietro. Er erreichte ihn noch.

Wir hörten, wie sich Viktor bei Vangelisti bedankte für seinen bestens gelungenen Einsatz nach dem Fiasko im Konzert. Förmlich wünschte er ihm alles Gute und fragte, ob er auf seiner Fahrt zum Flughafen noch kurz vorbeikommen könne, da sich Ines von ihm verabschieden wolle.

Pietro muß wohl sehr zurückhaltend gewesen sein und die Möglichkeit seines Kommens offen gelassen haben.

Während Viktor - noch im Morgenmantel - etwas später sein Frühstück einnahm, hatte sich Ines fertig angezogen. Sie nippte nur von dem Kaffee. Die Erregung hatte auf ihre bleichen Wangen eine fiebernde Röte gelegt. Ihre Hände zitterten, als sie Viktor die Morgenzeitung reichte. Auf der ersten Seite stand in Großbuchstaben:

HERZANFALL MITTEN IM KONZERT

Viktor Xylander entfiel der Dirigentenstab

Nachdem Viktor den anschließenden Komentar gelesen hatte, lachte er spöttisch auf. „Lügen tun sie wie gedruckt! Und obendrein noch so taktlos und dumm."

Als er merkte, wie es um Ines stand, gab er ihr, sie ablenkend, die Kritik über ihr Konzert zu lesen.

Es war die Rede vom verheißungsvollen Debut der ungewöhnlich begabten jungen Pianistin und dem großen Einfühlungsvermögen im Zusammenspiel zwischen dem Dirigenten und dem italienischen Solisten. Doch kaum hatte Ines den Artikel überflogen, war es mit ihrer erzwungenen Ruhe vorbei. Sie stand auf und stieß hervor: „Jetzt kommt er nicht mehr! Wick, begreife es, daß ich ihn noch einmal sehen muß!"

Viktor war aufgesprungen und faßte Ines streng am Arm:

„Nein", rief er aufgebracht. „Willst du vielleicht zwei Herren dienen? Daß er nicht gekommen ist, beweist, daß er sich bereits abgefunden hat."

Da riß sich Ines von ihm los, nahm Mantel und Tasche vom Haken und stürzte zur Tür. Schon hörten wir ihren leichten Schritt auf der Treppe.

„Hole sie ein, Grit!" rief mir Viktor zu.

Unterwegs begegnete ich dem Arzt, der mir verwundert nachsah. Als ich auf der Straße war, saß Ines schon in einem Taxi. Ich riß die Tür auf und schaute in ein verzweifeltes Gesicht: „Was hast du vor?" Doch Ines rief dem Fahrer zu: „Bringen Sie mich zum Flugplatz! Auf dem kürzesten Weg!"

Sanft, aber bestimmt drängte sie mich zurück: „Du kannst mich nachher vom Tempelhof abholen, Grit. Aber laß mich jetzt bitte allein!" Bei solcher Entschlossenheit konnte ich nichts mehr erwidern. Das Taxi verschwand im Gewühl des Verkehrs.

So schnell ich konnte verständigte ich Viktor und nahm den nächsten Wagen.

In der Abflughalle eintreffend, waren es noch fünfundzwanzig Minuten bis zum Start.

Ines und Pietro standen mit Signor Rossi zusammen. Er hatte als Manager auch das Konzert in Lissabon arrangiert.

Pietro entdeckte mich sofort und nickte mir zu, woraufhin Rossi auf mich zukam: „Darf ich Sie kurz zur Seite bitten, gnädige Frau?" Mir entging die Erregung in seiner Stimme nicht: „Wir müssen die beiden in diesen wenigen Minuten noch allein lassen. Signor Vangelisti hat deshalb auch die Herren von der Presse gebeten, nicht mehr hier zu erscheinen. Er ist derart durcheinander, daß ich mir kaum vorstellen kann, wie er in zwei Tagen auftreten soll. Habe ich doch einen kleinen Einblick in seine Sorgen bekommen. Und ich muß sagen, ich bin zutiefst bekümmert darüber, daß diese beiden Menschen, die nicht besser zusammenpassen könnten, Abschied nehmen sollen - für immer."

Schweigend nickte ich, beeindruckt von seiner schmerzlich bewegten Stimme. Unauffällig sahen wir zu Ines und Pietro hin.

Mit gesenkten Kopf stand sie vor ihm. Er hielt ihre Hände und sprach leise auf sie ein.

Und ich dachte daran, wie sie noch vor wenigen Stunden in Viktors Armen war und hörte im Geist seine zärtlichen Worte. Nie kam mir die Zwiespältigkeit dieser schweren Lebensentscheidung härter zum Bewußtsein.

Ich fuhr zusammen, als Rossi neben mir weitersprach: „Es war also auch umsonst, daß ich Fräulein Hellem auf Maestro Vangelistis Wunsch noch ins Programm des Lissaboner Konzertes hineingenommen habe. Ihre Wiedergabe des Tschaikowsky gestern Abend war hervorragend."

Die ersten Fluggäste traten bereits aus der Halle. Signor Rossi verabschiedete sich von mir: „Manchmal müssen im Leben ganz plötzlich kühne Entschlüsse gefaßt werden, wenn wir ein höheres Ziel erreichen wollen. Aber dazu gehört Mut. Die meisten haben ihn nicht!"

Er ging auf Ines zu, gab ihr mit einer bedauernden Gebärde die Hand und trat zu den anderen Reisenden.

Pietro war der letzte. Noch machte er keinerlei Anstalten, den anderen zu folgen. Höflich kam die Stewardeß mit einer Liste auf ihn zu: „Sie sind gewiß Herr Konzertmeister Vangelisti? - wir haben es jetzt sehr eilig!" Ungehalten warf sie den Kopf mit dem zierlichen Käppi in den Nacken, als sie hastig nochmals die Liste überflog:

„Und die Dame ist sicher Fräulein Hellem? Ich bitte die Herrschaften, sofort zu mir zu kommen."

Zu ihrem Erstaunen mußte sie sehen, daß sich Pietro von Ines verabschiedete. „Die Dame fliegt nicht mit?" fragte sie.

Pietro setzte zu Worten an, die er nur mühsam - zerissen hervorbrachte: „Nein, - es ist nicht möglich, - stornieren Sie!"

Erschüttert sah Ines auf den geliebten Mann, der in hilfloser Verlassenheit vor ihr stand.

Achselzuckend nahm die Stewardeß den Bleistift zur Hand. Da berührte Ines in einer spontanen Eingebung abwehrend den Arm des jungen Mädchens: „Nein! Kein Storno: ich fliege mit!"

Ines faßte Pietros Hand und zog den Sprachlosen mit sich fort. Ohne sich nochmal umzudrehen. liefen die Beiden der Maschine entgegen. Durch die großen Fensterscheiben konnte ich sehen, wie sich Ines auf der obersten Stufe der Gangway umdrehte und die Hand zum Gruß erhob. Pietro nickte mir zu, legte den Arm um Ines und verschwand mit ihr in der schmalen Türöffnung. Die Motoren dröhnten auf. Wenig später rollte die Maschine auf die Startbahn.

Ich schloß die Augen, weil mir schwindelte. Taumelnd lehnte ich mich an eine Glastür. Ich konnte nur den einen Gedanken fassen, wie furchtbar Viktor Ines´ Abreise treffen würde!

Und schon stand er neben mir, sich verwundernd im Raum umsehend: „Der Verkehr hat mich derart aufgehalten! Immer Rotlicht! - Wo ist denn Ines?"

Unwillkürlich preßte ich mein in der Hand geballtes Taschentuch zum Mund, als wenn ich ihn verschließen wollte.

„Was ist los?" fuhr er mich an.

Ich trat zurück und sah sein entsetztes Gesicht.

„Sie ist - mit ihm fort!" Kaum hörbar standen die Worte im Raum.

Ich weiß nicht mehr, wie lange es dauerte.

In einem ungestörten Nebenraum berichtete ich Viktor von den letzten Minuten vor dem Abflug, wie Vangelisti Ines´ Flug streichen ließ, sie sich aber anders entschied.

Es traf Viktor besonders hart, daß der Plan mit Lissabon schon seit Zürich bestanden hatte.

Er war außer sich, packte mich unsanft am Arm: „Und du hast alles gewußt, Grit. Warum hast du mir vorgestern abend bei unserem längeren Gespräch nichts davon gesagt?"

„Dafür war allein Ines zuständig. Ich habe sie oft gebeten, dir alles zu sagen."

„Das soll einer fassen!" stieß er mehrmals hervor. „Sie hatte kein Vertrauen zu mir. Und diese Heimlichtuerei!"

Abrupt wandte er sich dann ab, als wolle er absichtlich in meiner Gegenwart diesen jähen Schlag von sich abwehren.

Schweigend gingen wir zu seinem Wagen.

„Du willst noch heute abreisen?" fragte er kurz.

„Ich hatte es vor," erwiderte ich.

Er fuhr weder in die Stadt noch ins Hotel zurück. Ohne mich zu fragen nahm er die entgegengesetzte Richtung. Er fuhr weiter, immer weiter. Auf freier Strecke beschleunigte er das Tempo so beängstigend, daß ich es wagte, meine Hand auf das Lenkrad zu legen.

"Angst?" fragte er spottend. Ich bejahte.

„Ich habe eine Vorliebe für guten Geschmack," meinte er ironisch.

„Viktor Xylander raste wegen verschmähter Liebe gegen einen Baum, das wäre eine Zeitungsschlagzeile, die meiner nicht würdig wäre."

Ich versuchte ihn abzulenken: „Hat dich der Arzt heute morgen noch erreicht?"

„Ja. Er war entsetzt, als er mich weglaufen sah. Er rief mir noch nach, daß ich auf keinen Fall vergessen dürfe, meine Medikamente zu nehmen!"

Es war ein wolkenloser, warmer Septembertag. „Wie geschaffen für einen Flug", dachte ich, aber ich nahm keine Notiz von der Gegend, die wir durchfuhren. Ich glaubte, Viktor hatte längst vergessen, daß ich abreisen wollte und ich sagte nichts mehr davon.

Je mehr ich mir vorstellte, daß Ines und Pietro jetzt wohl schon am Ziel sein könnten, desto mehr machte sich ein heimlicher Groll auf Ines in mir breit. Pietros Bruder würde sie abholen. Ich sah im Geiste sein ungläubiges Gesicht, daß Ines doch mitkam, ohne irgendein Gepäckstück, ohne irgendeines jener kleinen Utensilien, die ihr sonst so unentbehrlich waren.

Da mir die skeptische Einstellung van der Delfts bekannt war, wußte ich, daß er sich trotz des guten Verstehens mit dem jüngsten Bruder nicht so rasch umstimmen ließe.

Wie aber würde Ines - nun endlich mit ihm allein - Pietro gegenüberstehen? Würde sie sich wirklich treiben lassen vom Überschwang des Glücks, bei ihm sein zu dürfen? Oder kam es ihr auch in den Sinn, wie tief sie den ihr von Kindheit an zunächststehenden Menschen mit ihrem Fortgehen verletzt hatte?

Auf dem Rückweg überließ mir Viktor das Steuer.

Es dämmerte bereits, als wir Berlin erreichten.

Ich bemerkte, daß Viktor völlig apathisch neben mir saß, und so strengte ich mich an, unser Hotel zu finden. doch ich verfuhr mich hoffnungslos.

Ich parkte in einer Seitenstraße und fragte Viktor nach einem Stadtplan. Ich schien ihn gedanklich von weither geholt zu haben: „Wir sind kurz vor dem Ostsektor! Da wollen wir nun wirklich nicht hin!"

Er schlug vor, in ein uns am nächsten liegendes Lokal zu gehen.

Ich atmete auf, als wir uns in einer gemütlichen Ecke niederließen.

Es waren nur wenig Menschen im Raum und mir fiel ein, daß ich seit dem Frühstück nichts zu mir genommen hatte.

Als wir bestellt hatten, spürte ich plötzlich Viktors Hand auf der meinen: „Ich danke dir," sagte er leise.

„Wofür?" fragte ich erstaunt.

„Daß du nicht abgereist bist. Statt dessen sitzt du hier mit jemand, den du nicht mal besonders magst!"

Ich zog meine Hand nicht fort: „Wir sind doch befreundet, Viktor. Da helfen wir einander in schwierigen Situationen. Ich kenne das gar nicht anders!"

Als er bedauerte, daß ich bisher in Berlin nun wirklich nichts Erfreuliches erlebt habe, mußte ich widersprechen und ihn an das Konzert erinnern. Ich gab ihm zu verstehen, daß ich es als Höhepunkt, ja, als Sternstunde empfunden hatte und traurig darüber sei, daß wir auch mit Ines überhaupt nicht mehr haben darüber sprechen können.

„Der jähe Abbruch", warf Viktor ein, „diese furchtbaren Schmerzen. Hoffentlich wiederholen sie sich nicht!"

Nach dem Lokalbesuch gingen wir nicht gleich zu seinem Wagen. Wir durchschritten winkelige Straßen und menschenleere Plätze eines tristen Vorortes der Großstadt. Nach all den schweigsamen Stunden des Tages sprach sich Viktor allen Kummer von der Seele. Gleich einem Furioso fortissimo brach seine Empörung über Ines, verletzter Stolz und Selbstanklagen aus seinem aufgewühlten Innern hervor. Aus jedem Wort spürte ich nicht nur den Schmerz, daß ihn Ines verlassen hatte, sondern die Bitterkeit über die Erkenntnis, daß er sie niemals wirklich besessen hatte.

„In der vergangenen Nacht habe ich geglaubt, daß sie wieder ganz zu mir zurückgefunden hat. Sie aber ist imstande und gibt sich eine Nacht später - einem andern!"

Als wir gegen zehn Uhr abends die Hotelhalle betraten, eilte der Portier hastig auf uns zu: „Sie sind bereits zweimal aus Lissabon verlangt worden, Herr Professor. Ein Doktor van der Delft wollte Sie dringend sprechen. Er schien sehr aufgeregt und fragte, ob Ihr Fräulein Braut heute abgereist sei. Er will nochmals durchrufen."

Befremdet sahen Viktor und ich uns an. Wir blieben in der Halle und zerbrachen uns den Kopf darüber, was Pietros Bruder wohl so spät am Abend für ein Anliegen haben könnte. In wachsender Unruhe erwarteten wir den Anruf.

Es sollte nicht lange dauern. Als ich Viktor in die Zelle treten sah, überkam mich eine solch heftige Beklommenheit, daß ich nicht mehr still sitzen konnte. Ruhelos ging ich auf und ab. Niemand war in der Nähe. Was Viktor sprach, konnte ich nicht hören, aber ich fühlte, daß es auch mich angehen würde.

Die Minuten dehnten sich qualvoll in die Länge. Ich hielt das Warten nicht mehr aus. Kurz entschlossen öffnete ich die Tür.

Viktor lehnte an der Wand. Der Hörer war seiner Hand entglitten.

„Was ist geschehen?" rief ich entsetzt.

„Sie - sind - nicht - angekommen," sagte er mit gebrochener Stimme. „Das Flugzeug ist vermißt! Es wird vermutet, daß es über dem Mittelmeer . . . ."

Wie wir in unsere Zimmer hinaufgekommen sind, weiß ich nicht mehr. Nach vielen zermürbenden Telefonaten hatten wir keine andere Auskunft erhalten können als die hoffnungslos klingende Nachricht von Pietros Bruder.

Während Viktor und ich uns völlig verstört gegenüber saßen, kam es verzweifelt von seinen Lippen:

„Ich würde ihr alles, alles verzeihen, wenn sie nur leben würde, wenn sie nur gerettet wäre! Aber nicht solch einen gewaltsamen Tod!"

Ich sezte mich neben ihn und legte meinen Arm um ihn. Ich versuchte, tröstende Worte zu finden, erwog die Möglichkeit einer Notlandung oder Rettung. Wie zu sich selbst sprechend, kam es über seine Lippen. „In dieser letzten Nacht war ihre restlose Hingabe der Abschied von mir - vom Leben!"

Ich bewegte ihn dazu, sich niederzulegen, denn ich fürchtete, daß dieser erneute seelische Schock ihm ernsten gesundheitlichen Schaden zufügen könnte. Ich hielt seine Hand und hoffte, daß er sich etwas beruhigen würde. Willenlos ließ er es geschehen. Nach einer Weile sagte er kaum hörbar: „Daß du bei mir bist, Grit, vergesse ich dir nie!"

Allmählich fühlte ich, daß der Schlaf mit Barmherzigkeit Viktors tiefen Schmerz verkürzen wollte. Auch mich überkam bleierne Müdigkeit. Ich legte mich so, wie ich war, auf die Couch. Meine Augen brannten vom Weinen - sie fielen mir zu.

Zwei Stunden hatte ich etwas geschlafen, als ich wieder erwachte. Ganz leise, um Viktor nicht zu stören, drehte ich neben mir das Radio an. Die Frühnachrichten wurden durchgegeben. Von einem Flugzeugunglück wurde jedoch nichts erwähnt. Noch ganz schlafbefangen keimte in mir die Hoffnung, alles sei vielleicht nur ein böser Traum gewesen.

Als ich wiederum erwachte, war es mir, als ob mich etwas streifte. Viktor stand neben mir. Sehr gedämpft war im Apparat das Pausenzeichen zu hören. Behutsam schirmte seine Hand das Licht ab, damit es nicht auf mein Gesicht falle.
Ich richtete mich auf, und wir lauschten angespannt der monotonen Stimme des Nachrichtensprechers.
Dann kam es! Beide krampften wir die Hände ineinander. Niemals werde ich nur einen dieser Sätze vergessen:
„Eine Maschine der Lufthansa, auf dem Flug nach Lissabon wird seit den gestrigen Nachmittagsstunden immer noch vermißt. Sie wurde zuletzt bei schwerem Gewittersturm über den Balearen gesichtet. Unter den Fluggästen befanden sich der Atomphysiker Tom Buttler und der italienische Geiger Pietro Angelo Vangelisti."
In unserer Erschütterung merkten wir es nicht gleich, daß auf diese Nachricht hin - Tanzmusik folgte.
Viktor saß völlig abwesend da, das Gesicht in den Händen vergraben. Ich drehte das Radio aus. Durch die geschlossenen Jalousien brach fahles Morgenlicht.

Wie gelähmt verbrachten wir die nächsten Stunden. Als sich der Arzt telefonisch nach Viktors Befinden erkundigte, lehnte Viktor seinen Besuch ab. Erst, als sein Freund Christian anrief, löste sich Viktors starre Haltung. Er schilderte dem Fassungslosen das Geschehen so, wie es sich zugetragen hatte. Als das Gespräch beendet war, sagte mir Viktor, daß sein Freund noch heute mit seinem Wagen nach Berlin kommen würde.
Als wir mittags in das Hotel-Restaurant gingen, begegneten uns bestürzte, mitleidvolle Gesichter. Ich sah es deutlich, daß die Hand des Kellners zitterte, als er uns, - wir waren die Letzten - servierte. In seiner Miene las ich, was die anderen sich wohl zuflüstern mochten:
„die blutjunge Braut des Dirigenten ist mit dem italienischen Geiger durchgebrannt. - vierzehn Tage vor der Hochzeit. Undnun sind sie verunglückt!"

Wir nippten nur von den Speisen. Viktor gelang es mit Mühe, sich aufrecht zu halten. Als uns noch eine Tasse Kaffee gebracht wurde, kam ein Zeitungsverkäufer herein. Die Tageszeitungen meldeten mit sensationellem Titel das vermutete Unglück als Tatsache. Wortlos nahm sie ihm Viktor ab.

Dann hatten wir ein langes Gespräch mir Pietros Bruder.

Ich saß neben Viktor, denn er hatte mich gebeten mitzuhören. Für Doktor van der Delft gab es von Lissabon aus viel mehr Möglichkeiten, ständige Erkundigungen einzuziehen, als für uns. Er sagte sofort, daß es sinnlos sei, sich irgendwelche Hoffnungen zu machen, auch ein Sabotageakt sei wegen der Anwesenheit des Atomphysikers nicht ausgeschlosssen. Mit der Auffindung von Wrackteilen des Flugzeugs sei vielleicht erst nach Tagen oder überhaupt nicht zu rechnen, da das an diesem Tag besonders stürmische Meer alles mit sich in die Tiefe gerissen haben dürfte.

Er sprach nur den einen Trost aus, daß die beiden bei dem Sturz aus solcher Höhe den Tod kaum gespürt haben könnten. Er schien jedoch nicht darüber hinwegzukommen, daß Pietro Ines tatsächlich mit sich genommen und sie in dieses furchtbare Geschehen hineingerissen hatte. Da teilte ihm Viktor in knappen Worten mit, was sich auf dem Flugplatz zugetragen hatte: Daß Vangelisti sich bereits von Ines verabschiedet, sie aber ihren Entschluß, nicht mitzufliegen, erst im allerletzten Augenblick geändert hatte.

Visionär erfüllten sich für mich die düster prophezeienden Klänge Tschaikowskys Ouvertüre zu "Romeo und Julia". Das anklagende Einleitungsmotiv erbebte wie ein Aufschrei in meinem Innern.

Die Stimme von Pietros Bruder erstickte in den letzten Worten seines Telefonates:

„Was haben sie getan, daß sie so hart gestraft werden müssen?"

Nach diesem Gespräch befand sich Viktor in unbeschreiblicher Erregung. Bis zur Erschöpfung steigerte er sich in den Gedanken hinein, daß alles anders gekommen wäre, wenn er um Ines´ heimliche Pläne gewußt hätte.

In heftiger Aufwallung wandte er sich mir zu: „Warum hast du mir nicht wenigstens etwas gesagt?"

„Du weißt ja nicht, welche Vorwürfe ich mir selbst deswegen mache," sagte ich tonlos.

Mit an die Stirn gepreßten Fäusten und fliegendem Atem ging er auf und ab: „Wenn es zu spät ist, überlegen wir, was wir hätten besser machen können. Immer erst dann, wenn es nichts mehr zu retten gibt."

Er war am Ende seiner Kräfte. Ich sah es und hatte plötzlich große Angst um ihn. Er wollte ins Bad, um sich ein Glas Wasser zu holen. Plötzlich legte er mir eine Hand auf die Schulter, um sich zu stützen. Er wollte etwas sagen, aber er rang nach Luft. Entsetzt sah ich in sein schmerzverzerrtes Gesicht. Es gelang mir noch, ihn die wenigen Schritte zu seinem Bett zu führen. Er brach zusammen - bewußlos! Ich rief sofort den Arzt an. Er erschien in kürzester Zeit mit Sanitätern und Krankenwagen. Ich wurde gebeten, Viktors Sachen zu packen und nachzukommen.

Zunächst war ich unfähig, etwas zu tun. Ich sank auf einen Stuhl. Tränen brachen aus mir hervor, - ein Strom, dessen ich nicht mehr Herr werden konnte. Aber ich war ja allein, und niemand sah es.

Es mochte vielleicht eine halbe Stunde vergangen sein, als es klopfte. Auf mein „wer ist da, bitte?" stand Christian Hieber auf der Schwelle. Sein Schreckensruf. „Was ist denn nur mit Viktor geschehen?" warf mich voll in die Gegenwart zurück.

Ich erklärte ihm, was vorgefallen war.

„Was müssen denn noch für Wellen über ihm zusammenbrechen?" rief er aus. „Ist denn das Flugzeugunglück nicht schon genug?"

Er half mir beim Packen von Viktors Sachen und drängte zu schnellem Aufbruch.

Als wir mit seinem Wagen zur Klinik fuhren, drückte ich mein Erstaunen darüber aus, wie schnell er von München hierhergekommen sei.

„Wenn es um ihn geht, würde ich auch zum entlegensten Winkel der Erde fahren!" war seine Antwort.

In der Klinik verlangte Christian sofort den Chefarzt zu sprechen. Viktor sei noch ohne Bewußtsein auf der Intensivstation, hieß es.

Sein Zustand sei sehr ernst.

Es begannen Stunden zermürbenden Wartens. Wir saßen allein auf einer Bank in einem endlos erscheinenden, nach Medikamenten und sterilisierenden Mitteln riechenden Gang. Ab und zu ging eine Schwester mit eiligen Schritten achtlos an uns vorbei. Keine von ihnen brachte uns eine erleichternde Nachricht.

Christian wollte jede Einzelheit der vergangenen Tage wissen.

Ich erzählte ihm alles und war dankbar dafür, daß in diesen schweren Stunden ein Mensch neben mir saß, der in seinem Kummer um den Freund mir ebenbürtig schien.

„Wir haben doch schon als Erstkläßler die Schulbank miteinander gedrückt," versuchte er zu scherzen.

Als es immer später wurde, sagte Viktors Freund zu mir, daß er am Ende des Ganges den Eingang zu einer Kapelle gesehen habe: „Wollen wir dort für ihn beten?"

Ich wußte, daß er durch seine religionsphilosophischen Bücher und Schriften als gläubiger Christ bekannt war.

Bewegt folgte ich ihm.

In dem schlichten Raum der Kapelle brannten vier Kerzen auf dem Altar, der mit der bunten Pracht leuchtender Herbstblumen geschmückt war. Neben dem Altar aber stand eine lebensgroße holzgeschnitze Christusfigur. Unter dem gütigen Antlitz waren beide Arme ausgebreitet, - eine menschenumfangende Geste der Liebe, die Verzweifelten neuen Lebensmut zu geben vermochte.

Ich blieb auf einer Bank vor den ausgebreiteten Christusarmen sitzen. Seit Albrechts Tod überkam mich plötzlich nicht mehr die Bitterkeit darüber, daß ich allein zurückbleiben mußte. Ich rechtete nicht mehr, warum Er mir solche Prüfungen auferlegt hatte. Unter diesen bejahend auf mich gerichteten Augen begann ich zu ahnen, was Gott von mir forderte. „Grit wird noch eine besondere Aufgabe zu erfüllen haben, weil sie vom Tode gerettet worden ist," schrieb mir Ines in jenen Tagen. Es waren Viktors Worte.

In einer nie gekannten Selbstvergessenheit zwang es mich auf die Knie nieder. Ich preßte meine Stirn gegen das harte Holz, denn nun kam ich zu Gott als zutiefst Bittende. Mit Inbrunst bat ich um Viktors Genesung.

Bestürzend und doch so beseligend durchdrang mich die Gewißheit, daß ich ihn liebte.

Ich betete um die Kraft, für ihn dasein zu dürfen.

Als ich wieder aufsah, war Christian nicht mehr da. Ich fand ihn draußen, auf der Bank sitzend.

Er bat mich liebevoll, zurück ins Hotel zu fahren und mich auszuruhen. Er bestellte mir ein Taxi, weil er keine Nachricht über Viktor versäumen wollte. Wenn er Neues erfahren würde, wollte er dies mich sofort wissen lassen.

Erst, als ich in meinem Zimmer war, spürte ich die Erschöpfung. Was hatte sich doch an diesem einzigen Tag alles ereignet!

Nach einem tiefen, traumlosen Schlaf weckte mich morgens das Telefon. „Es gibt eine leise Hoffnung, daß der Herrgott unser Gebet erhört hat", hörte ich Christians Stimme. „Viktor ist bei Bewußtsein, aber sein Zustand ist noch sehr labil."

Er schien zu spüren, wie sehr mich diese Nachricht freute, bat aber, mit meinem Kommen noch zu warten.

Als ich mich erkundigte, ob er denn die ganze Nacht auf der harten Bank verbracht hätte, kam sein Humor, der ihn in Literatenkreisen so beliebt machte, wieder hervor:

„Eine mitleidige Schwesternseele hat mir nach Mitternacht eine Liege in Viktors noch verwaistes Zimmer geschoben. Da konnte ich dann endlich meine zerknautschten Knochen wieder glattbügeln."

Vormittags fragte mich die Hotelleitung, ob ich noch die Zimmer benötige, denn sie würden dringend anderweitig gebraucht.

Nach einer Rücksprache mit Christian, der mir in Kliniknähe eine gut geführte Pension empfahl, hatte ich den schwierigen Entschluß gefaßt, in Ines' Zimmer zu gehen.

Alles lag noch so, wie sie es vor zwei Tagen verlassen hatte. Ihr Bett war frisch gerichtet. Das Zimmermädchen hatte den orientalischgemusterten Schlafanzug, der mir so gut gefallen hatte, sorgfältig ausgebreitet, weil ja niemand geahnt hatte, daß sie nicht mehr mit uns zurückkommen würde.

Ihr Konzertkleid hing auf einem Bügel am Schrank. Mit den Fingerspitzen strich ich über die geschmeidigen Falten. Der geheimnisvolle Duft ihres Parfüms lag noch darin. Dieser Duft, der wie ein Abglanz ihrer selbst ihre Jugend umschmeichelt hatte.

Ihre Sachen waren wohlgeordnet. Ich mußte ihre beiden Koffer öffnen, um das übrige hinein zu packen. Obenauf lag eine Langspielplatte. Auf der Umschlagseite war Pietros Bild zu sehen, mit einer Widmung an Ines. Es war das Violinkonzert von Wieniawsky, das Ines zum ersten Male an ihrem Verlobungstag im Fernsehen von ihm gehört hatte.

Beim Anblick dieses so lebensnahen Bildes konnte ich micht nicht mehr bezähmen. Haltlos schluchzte ich vor mich hin.

„Es gehört Mut dazu, plötzlich ganz kühne Entschlüsse zu fassen," vernahm ich im Geiste Signor Rossis Stimme.

Ines hatte diesen Mut gehabt. Er gab ihr die Kraft, Pietro zu folgen. Die Verzweiflung darüber, daß sie ihn nach einem Abschied wohl nie mehr wiedersehen würde, ließ sie die bestehenden Bindungen abbrechen. Der einzige Trost, an den ich mich in diesen Stunden klammerte, war der Gedanke, daß die beiden im Glücksgefühl des Beisammenseins das Unheil nicht wahrgenommen haben, - ineinander versunken, bis zur letzten Bewußseinssekunde.

Am frühen Nachmittag holte mich Christian ab und brachte mich mit Gepäck zu der Pension.

”Viktor darf vielleicht heute abend schon auf sein Zimmer. Ich habe ihn auf der Intensivstation kurz gesprochen. Er freute sich, daß ich da war, aber dann fragte er nach Ihnen, Grit. Er möchte Sie sehen!" Es war gut, daß sein Freund nicht sehen konnte, wie schnell mein Herz schlug.

Dann durfte ich kurz zu ihm. Er wirkte sehr matt, streckte mir aber erfreut seine Hand entgegen: „Wie schön, daß du noch da bist. Kannst du noch ein bißchen bleiben, Grit? Oder wirst du erwartet?" Forschend sah er mich an.

Am liebsten hätte ich geantwortet: „Ja, immer kann ich für dich dasein!" Aber ich dämpfte bewußt noch meine innere Bereitschaft und sagte: „Wenn du mich brauchst, bleibe ich gerne noch da."

Ich war in den nächsten Tagen erschüttert, wie hilfsbedürftig Viktor war. Er litt unter schweren Schwindelanfällen. Die Atmung machte ihm zu schaffen. Er sollte aufstehen, damit der Kreislauf stabiler wurde. Nur mühsam konnte er mit Unterstützung von Christian und einer Schwester gehen.

Als ich wieder einmal zu Viktor wollte, ging Christian beunruhigt auf dem Gang auf und ab.

„Grit, Sie müssen mir helfen! Er ist gerade beim EKG, hatte vorhin einen Kreislaufkollaps. Die Schwierigkeiten fangen jetzt erst richtig an. Er sperrt sich gegen alles, weil ihn ständig der Schwindel packt. Natürlich klingelt er bei jeder Kleinigkeit der Schwester. Die verdrehte vorhin schon die Augen. Klar, der Maestro ist es gewöhnt, wenn er den Stock schwingt, daß alle kuschen.

Vor allem will er nicht, daß Sie ihn so sehen, - ein Häufchen Elend, das ohne fremde Hilfe nichts, aber auch gar nichts allein kann! Und das hat ein Weib fertig gebracht! Ein einziges Weib hat diesen Mann mit seiner stabilen Gesundheit - - - ich könnte mir die Haare raufen!"

Unwillkürlich mußte ich lächeln, als ich diesen muskulösen Hünen so ungehalten vor mir sah. Durch Ines wußte ich, daß er als engagierter Basketballspieler regelmäßig in einer Mannschaft trainierte.

„Wenn ich mithelfe, werden wir es schon schaffen," munterte ich ihn auf. Aber da trat er sehr ernst vor mich hin:

„Seien Sie mal ganz ehrlich, Grit! Hier erwartet Sie kein Honiglecken! Viktor ist ein Titan! Wollen sie das wirklich auf sich nehmen?"

„Wir sind schon einige Male ziemlich kräftig aneinandergeraten, Viktor und ich. Ich fürchte mich nicht! Ich bin froh, wenn ich helfen kann!"

Mit einem langen Blick sah er mich an, als ob er meine Antwort auf Herz und Nieren prüfen wollte.

Viktor kam vom EKG zurück. In seinem Bett liegend, wurde er ins Zimmer geschoben. Er schlief.

Christian bat mich, bei Viktor zu bleiben, da er draußen im Park eine halbe Stunde joggen wollte. „Die Luft in diesem Haus geht mir auf den Geist!"

Bald sah ich ihn draußen mit Turnschuhen, Jeans und Pullover mit langen Schritten auf den Kieswegen laufen und hinter den hohen Bäumen verschwinden.

Als Viktor erwachte, fühlte er sich sehr schlecht. Er wollte der Schwester klingeln, weil ihm so übel war. Ich sagte ihm, daß ich jetzt da sei. Es gelang mir noch gerade, ihm eine Schüssel zu reichen, da mußte er sich übergeben. Ich stützte ihn, brachte ihm dann ein Glas Wasser und legte ein kühles, feuchtes Tuch auf die Stirn. Er war so erschöpft, daß er gleich wieder einschlief.

Als der Chefarzt mit Gefolge zur Visite kam, wurde ich gebeten, hinaus zu gehen. Später bat ich ihn dann um nähere Angaben zu Viktors Gesundheitszustand. Er beruhigte mich und erklärte mir, daß ein Herzinfarkt ein Eingriff in den ganzen Organismus sei und Geduld brauche.

„Sie haben mit Ihrem raschen Handeln dazu beigetragen, sein Leben zu erhalten, Frau Carras. Da werden sich bald weitere Fortschritte zeigen!"

Es wurde eine harte Woche, wie Christian schon vorausgesagt hatte. Viktor war ein schwieriger Patient. Er konnte sich nicht mit der Tatsache abfinden, so hilflos zu sein.

Ich konnte es manchmal kaum ertragen, daß er sich so quälen mußte. Christian versuchte alles, um seinen Zustand zu erleichtern. Er massierte Viktors Füße, weil er merkte, daß es seinem Freund guttat. Er zeigte ihm bei weit geöffnetem Fenster Atemübungen.

Ich bewunderte diesen aufopfernden Menschen, der einfach an alles dachte. Zwischendurch entlastete er die Schwestern und nahm ihnen Handreichungen ab. Er kümmerte sich um mich: „Jetzt machen Sie einen Spaziergang, Grit, aber nicht zu kurz bei diesem schönen Wetter!" Dann wieder schickte ich Christian zum Jogging hinaus. Wir konnten Viktor nicht allein lassen.

Das schlimmste war das Aufstehen für ihn. Die Schwestern hatten ihm einen kleinen Gehwagen hingestellt, damit er sich festhalten und besser helfen konnte. Aber er weigerte sich hartnäckig. „Da bin ich doch lieber tot, als dieses Ding zu nehmen!" „Der Tod will dich aber noch gar nicht haben, " sagte ich. „Woher willst du das wissen?" begehrte er auf.

„Er hat dich doch gerade erst wieder ins Leben zurückgeführt. Sei doch froh darum."

Jetzt mußte auch er lächeln. Ich brachte ihn dazu, mehrmals mit dem kleinen Wagen durch das Zimmer zu gehen.

Als Christian hereinkam und ihn so sah, blieb er erstaunt stehen: „Jetzt höre ich aber wiklich alle Engel im Himmel singen!"

Als ich am nächsten Tag wiederkam, fand ich Viktor auf dem Bettrand sitzend vor: „Es ist mir doch nicht möglich, meine Hausschuhe anzuziehen, Grit. Sofort dreht sich alles um mich her."

„Das kann doch ich machen!" Und ich bückte mich bereits.

„Nein, Grit, das führt zu weit," wehrte er ab. „Ich will überhaupt nicht, daß du mir so viel helfen mußt." Er war ärgerlich.

Ich war noch in Hockestellung und lächelte zu ihm hinauf. „In ein paar Tagen geht das doch alles wieder von selber. Laß dir bitte helfen."

Da nahm er meine beiden Hände in die seinen: „Warum nimmst du hier das alles auf dich, Grit? Du könntest jetzt in deinem schönen Haus am Vierwaldstättersee sein, statt hier in dieser trüben Atmosphäre.

Warum tust du das für mich?"

„Weil ich - - weil ich - - dich ganz einfach in mein Herz geschlossen habe, " sagte ich leise.

Ich verbarg meine Verlegenheit, indem ich ihm seine Schuhe anzog.

„Da muß ich ja gesund werden, wenn du so etwas Liebes zu mir sagst," antwortete er.

Von diesem Tage an ging es merklich besser. Es kamen zwischendurch noch Rückfälle, aber Viktor bemühte sich, dank Christians konsequenter Atemtherapie, sie besser in den Griff zu bekommen.

Bald konnte ich mich mit Christian abwechseln. Wegen Viktors Erkrankung hatte er seine Vortragsreihe verschoben. Doch er war schon "wieder schwanger mit neuen Ideen", wie er sich ausdrückte. Manchmal saß er aber auch mit seinem Manuskript bei Viktor, las ihm daraus vor, und beide unterhielten sich darüber. Ich erlebte, wie Viktor auf ihn einging, ihm Ratschläge erteilte oder ihn in seinen Ideen bestärkte. Aber Christian vertrug auch die Kritik seines Freundes. Da Viktor sowohl in Literatur als auch in Geschichte beschlagen war, ergänzten sie sich auf eine so anregende und harmonische Art und Weise, daß ich beide eines Tages fragte, ob sie einander immer so gut verstanden hätten.

„Aber nein," lachte Christian. „Wir haben uns gestritten wie die Kesselflicker. Wir wollten beide gleich stark sein und haben uns grün und blau geprügelt. Unsere Mütter waren oft verzweifelt."

„Du mußt Grit die Krönung unserer Prügeleien erzählen," forderte ihn Viktor auf.

Ich war äußerst gespannt und erfuhr, daß die beiden Freunde in der Vor-Abiturklasse, nach einem Basketballspiel auf dem Sportplatz sich eine wilde Schlägerei um ein Mädchen geliefert hatten.

„Sie hieß Natascha," begann Christian. „Sie hatte einen langen blonden Zopf und war ein Meter achtzig groß. Sie wollte unbedingt einmal in unserer Mannschaft mitspielen. Weil wir sie alle verehrten, ließen wir das gnädig zu."

„Sie ließ ja keinen von uns Jungs an sich heran," schaltete sich Viktor ein. „Das reizte uns natürlich besonders. Wir schlossen eine Wette ab, mit wem von uns sie wohl ins Kino gehen würde. Sie ließ alle abblitzen. Nur Christian und ich waren noch übrig. Da kauften wir beide eine Kinokarte. Wir beschlossen: wem es als erstem gelang, sie zu überreichen, sollte allein mit ihr gehen."

„Und das warst natürlich du," ereiferte sich Christian. „Nach unserem Spiel zog mich der Sportlehrer kurz ins Gespräch. Da sah ich, daß du Natascha die Karte anbotest, und - Potz Blitz - sie nahm sie!"

Und beide erzählten lachend, wie sie am Boden miteinander rangen und sich mit den Fäusten traktierten.

„Und was hat das Mädchen dazu gesagt?" fragte ich gespannt.

Sie rief… „Macht sofort Schluß!" Sie schmiß ihren angebissenen Apfel zwischen uns und kehrte uns mit einem: „Rutscht mir doch den Buckel runter! Ich gehe mit keinem von euch ins Kino!" den Rücken.

„Da standen wir dann da wie zwei Deppen," sagte Christian. „Wir würdigten uns keines Blickes mehr und gingen heim."

Ich bekam noch zu hören, daß am nächsten Tag Viktors linke Hand mit einem Zinkleimverband zugebunden war. Und dies kurz vor der Weihnachtsfeier, bei der er das Schulorchester mit einem Klavierkonzert leiten sollte. „Das Konzert mußte ausfallen und ich bekam mein Amt als Schulsprecher vorübergehend entzogen," ergänzte Christian. „Als ich seine verbundene Hand sah, war ich total durch-

einander. Ich habe nächtelang immer wieder wie ein Schloßhund ge-
heult, weil ich mir vorstellte, daß du durch meine Schuld vielleicht nie
mehr Klavierspielen könntest."

„Das hast du mir nie erzählt, Bruderherz," sagte Viktor gerührt. „Ich
wunderte mich, daß du mir damals jeden Wunsch von den Augen ab-
gelesen und jeden nur erdenklichen Gefallen getan hast. Ich hoffe,
daß du nie mehr um mich weinen mußt!"

„Wenn das so einfach wäre! In der Nacht, als ich hier allein lag und
nicht wußte, ob du durchkommen würdest, ist es doch wieder passiert."

Die beiden umarmten sich und wir alle drei hatten feuchte Augen.

Abschließend erzählten mir noch beide, daß sie nach diesem Vorfall
ein Gelübde abgelegt hatten. Sie zündeten in der Schulkapelle eine
Kerze an und versprachen einander, daß keiner von ihnen jemals versuchen würde, dem andern die Frau wegzunehmen.

Ende der zweiten Woche konnte sich Viktor immer häufiger außerhalb des Bettes bewegen. Er ging allein die langen Gänge vor seinem
Zimmer auf und ab oder setzte sich lesend auf die Terrasse.

In den späten Nachmittagsstunden aber wurde sein Zimmer zu einer
Oase der geistigen Regsamkeit.

Viktor hatte sich gewünscht, daß Christian und ich gemeinsam mit
ihm das Abendbrot einnahmen. Das war bereits um 17 Uhr der Fall,
und so verhalfen wir ihm, diese langen Abende zu verkürzen.

Ich dachte da manches Mal über meine augenblickliche Lage nach,
wie ich mich als Frau zwischen diesen beiden respektablen Männern
zu behaupten hatte. Ich verglich mich mit einer Schwester, die darauf bedacht ist, keinen ihrer älteren Brüder zu bevorzugen. Und mir
fiel auf, daß mich Viktor sowie Christian mit einer Achtung behandel-
ten, die mich rührte.

An einem dieser Abende stellte uns Christian sein neuestes Buch:
"Distanz zu Gott?" vor. Es waren gesammelte Aufsätze und Vorträge
aus dem religionsphilosophischen und gesellschaftskritischen Bereich.

Viktor hatte sich dann schon hingelegt und bat uns, abwechselnd
vorzulesen. Christian hatte wohl mit Absicht einen Aufsatz ausge-

sucht, über den "Einklang von Leib und Seele zwischen Mann und Frau."

Da setzte er sich und seine Leser mit der Tatsache auseinander, wieviele Bindungen beschlossen, aber allzu rasch wieder gelöst wurden. Er nannte Liebe, Treue und Vertrauen als die tragenden Säulen in einer Partnerschaft.

Die Bereitschaft, einander wirklich zu verstehen, begründete er mit dem Verständnis für die Interessensgebiete des anderen, - und das beiderseitige Gespräch! Menschen, die einander sich nichts zu sagen hätten, wären unfähig für eine dauerhafte Lebensgemeinschaft.

Sein wichtigstes Argument unterstrich er mit der Aussage, daß viele junge Mädchen, kaum der Kindheit entwachsen, den Mann in Aufruhr versetzten durch ihr Aufgebot an äußeren Reizen.

„Diese Mädchen wissen gar nicht, wie sehr sie sich ihr Leben verbauen. Sie wandern von einem Männerarm in den den andern, als Lustobjekt benutzt und wieder weggelegt. Sie brüsten sich noch damit, wie begehrt sie sind. Aber sie vergessen dabei, daß ihre Seele niemals Schritt halten kann mit diesem Irrweg. Sie verkümmert! Denn eine wahrhafte und innige Bindung zwischen Mann und Frau kann nur bestehen, wenn beider Seelen sich tastend nähern, sich zuinnerst berühren.

Dann erst, aber wirklich nur dann, sollte der Leib einer Frau mit dem des Mannes verschmelzen dürfen."

Scheidungen in immer höherer Zahl seien die Folge dieser Mißachtung.

Die Selbstverständlichkeit, einander Bürde tragen zu helfen, träte auch immer mehr zurück.

Die lebenslange Treue, die sie vor Gott bei der Hochzeit gelobt haben, würde oft schon nach kürzester Zeit gebrochen. Kreuz und quer nahmen sie einander die Partner weg. Ihre Seele aber wehrte sich vergeblich diesem Treiben Einhalt zu gebieten, da sie längst zum Schweigen verurteilt worden war.

Diese Menschen verdammten sich selbst dazu, statt gemeinsam den schweren Lebensweg nun alleine zu gehen.

Als Christian sich an diesem Abend vor meiner Pension von mir verabschiedete, sagte ich spontan zu ihm:

„Es ist unverzeihlich, daß Sie keine Frau, keine Kinder haben, Christian. Sie könnten ihnen ein Vorbild sein. Vorbilder werden in unserer Zeit so dringend gebraucht. Und es gibt so wenige!"

„Daß Sie das sagen, Grit, freut mich besonders! Sie haben ja vorhin meine Einstellung erfahren. Ein Autor, der sich nicht mit seiner Schreibe identifiziert, ist nicht glaubwürdig!"

Er ließ mich wissen, daß er seine Mutter zu sich genommen habe. Sie sei für ihn das Idealbild einer Frau, von dem er sich nach etlichen Enttäuschungen noch nicht habe lösen können.

„Ihre Mutter muß eine wunderbare Frau sein, aber sie wird Sie vielleicht bald verlassen. Dann stehen Sie allein, und das Suchen nach einer Lebensgefährtin wird immer schwerer."

Christian sagte, daß er nach seinen Vortragsreisen eine Studienfahrt nach Florenz und Rom gebucht habe. „Das ist schon lange mein Wunsch.

Vielleicht läuft mir ja bald eine Herz-Königin in die Arme."

Lächelnd verabschiedete er sich. Und schon lief er im Sturmschritt die Straße entlang. Ich wußte, daß er noch eine ganze Weile so die Dunkelheit durchmessen würde.

Täglich begleitete ich Viktor nun hinaus in den herrlichen Park, in dem sich die Glut des scheidenden Herbstes entflammt hatte.

Durch Christians konsequent durchgeführte Übungen, die er nun auch allein praktizierte, wurden seine langsam wiederkehrenden Kräfte gefestigt.

Da er jedoch nicht ein einziges Mal das Flugzeugunglück und auch Ines mit keinem Wort erwähnte, spürte ich, daß diese Wunde noch äußerst verletzlich war.

Als Christian ihm seine Post brachte, die er für Viktor erledigte, war ein Brief von Pietros Bruder darunter: Küppler-Klinik Hamburg chirurgische Privatklinik Chefarzt Dr. Enrico van der Delft. Doch Viktor öffnete ihn nicht. Er lag auch am nächsten Tag noch auf derselben Stelle.

Christian ließ mich wissen, daß er vor seiner baldigen Abreise unbedingt noch auf dieses Thema eingehen wolle.

An einem Vormittag war ich zum Ku-Damm gefahren, um für meinen
Vater nach einem passenden Geburtstagsgeschenk zu suchen.
Plötzlich stand ich vor der Musikalienhandlung, wo ich Pietro getroffen hatte. Das war etwa vor drei Wochen gewesen.
Keine Langspielplatte war mehr von ihm ausgestellt. Nichts erinnerte mehr an die Begeisterungsstürme, die seine Guarneri in den Menschen geweckt hatte. Kometengleich war sein Ruhm emporgestie-
gen. Jäh war er mit dem Sturz ins Meer erloschen. Nur denjenigen,
die ihn gehört haben, würde er unvergessen sein.
Da war auch noch die kleine Eisdiele, wo wir kurz gesessen hatten.
Ich höre noch seine Worte: „Wenn Ines damit geholfen wäre, würde
ich auch auf sie verzichten."
Die ganze Tragik der darauffolgenden Stunden und Tage ergriff mich,
sodaß ich nicht fähig war, weiter nach einem Geschenk zu suchen.

Verspätet zurückgekehrt, fand ich Viktor mit Christian im Park.
Viktor im weißblauen Trainingsanzug und Christian in weißen Hosen
und schwarzem Hemd. Er hatte den Arm um Viktors Schultern gelegt.
Sie gingen langsam, intensiv miteinander sprechend.
Da hohe Stauden von Dahlien und Herbstastern zwischen uns wa-
ren, sahen sie mich nicht gleich.
Noch nie konnte ich die beiden Freunde so nebeneinander beob-
achten.
Viktor war etwas kleiner als dieser 1.95 m große Riese. Während
Christians volles Haar noch dunkel war, schien Viktors ebenso dich-
tes Haar ergraut. Seine sonst so aufrechte Haltung wirkte noch ge-
beugt.
„Wenn Ines ihn so sehen würde," durchfuhr es mich traurig. „Würde
sie auch so wegschauen, wie sie es in den schweren Wochen nach
Zürich getan hatte?"
Die beiden Freunde hatten mich gesehen.
„Viktor sieht ständig nach der Uhr, Grit," begrüßte mich Christian
lächelnd. „Wenn Sie nicht da sind, ist mit ihm schwer etwas anzufangen."

Viktor umfing mich mit einem warmen Blick: „Mußt du wirklich zum Geburtstag deines Vaters fahren, Grit? Das ist ja schon in fünf Tagen, Kann man das nicht verschieben?"

Ich lachte und sagte, daß mein Vater nur in den seltensten Fällen Termine verschieben würde.

„Ich weiß, denn er hat ja schließlich mein Haus gebaut," sagte Viktor. Da die Sonne solch wohltuende Wärme verteilte, setzten wir uns auf eine Bank. Christian wollte am morgigen Tag schon früh seine Vortragsreise nach Hamburg antreten. Er holte den Brief von Pietros Bruder hervor, der seit Tagen ungeöffnet geblieben war.

Christian erklärte, daß sich in diesem Brief seine Vermutung bestätigte, die er durch laufende Bemühungen herausgefunden hatte. Daß nämlich die Lufthansa ihre übliche Flugroute nach Lissabon nicht über die Schweiz und Frankreich genommen hatte. Nach einer Zwischenlandung wegen eines Getriebeschadens mußten die Passagiere in eine andere Maschine umsteigen. Aus ungeklärten Gründen flog diese Maschine einen Umweg über das Mittelmeer und stürzte ab.

Christian wandte sich an mich und sagte, daß Viktor mich bei dem jetzigen Gespräch dabeihaben wollte.

Er selbst habe sich sehr überlegt, ob er an die Wunde rühren sollte, die Ines ihm zugefügt hatte:

„Aber Körper und Seele können nicht heilen, wenn diese innere Erschütterung nicht aufgelöst wird. Deshalb will ich es tun, Bruderherz, auch wenn ich dir wehtun muß!

Du hast wie ein Vater alles für Ines getan, was überhaupt möglich war. Aber sie lief einfach fort, obwohl sie miterlebte, wie deine Kräfte zu Ende gingen, - im Konzert. Gott hat sie dafür gestraft. Das durfte auch gar nicht anders sein! Diese Heimlichkeiten, die sie hinter deinem Rücken ausgeheckt hat! Das war doch keine Basis des Vertrauens für eine Ehe! Du warst Vater für sie! Mehr hätte nie sein dürfen!

Ich habe dich damals gewarnt, genauso wie vor einer Ehe mit Herta. Die Ehe mit ihr war eine Katastrophe! Eine Ehe mit Ines wäre auch eine geworden!"

„Es reicht, Christian! Genug jetzt!" fuhr Viktor auf.
„Ich bin gleich zu Ende!" Christian blieb unerbittlich.
„Ines ist ja schon einmal weggelaufen. Aber du holtest sie zurück und hast dir ihren Leib ganz zu eigen gemacht. Ihre Seele hattest du aber nicht! Ihre Seele gehörte Vangelisti! Und wenn die beiden die Wahl gehabt hätten, sich nie mehr zu sehen oder miteinander zu sterben, sie würden den Liebestod gewählt haben."

Schweigend stand Viktor auf.
Er ging langsam, aber festen Schrittes in die Klinik zurück.
Als wir gemeinsam unser Abendbrot einnahmen, rührte er kaum etwas an und sprach nur das Nötigste. Er legte sich bald hin und schloß die Augen. Ich sagte zu Christian, daß ich Viktor mit ihm jetzt allein lassen wollte, da es doch sein letzter Abend mit ihm sei. Als ich mich von Viktor verabschiedete, nickte er nur.
Beunruhigt ging ich fort.
Es war bereits dunkel und ich lief gedankenvoll durch die leeren Straßen. Ich überdachte Christians Worte und fragte mich, ob er nicht zu schonungslos mit seinem Freund umgegangen war.
Wie gerne wäre ich jetzt noch in der Kapelle unter den Christusarmen gesessen. Jeden Tag verbrachte ich dort einige Minuten der Andacht.
Besonders in den schweren Tagen, als es Viktor noch so schlecht ging, fand ich dort Trost.
In meiner Pension versuchte ich zu lesen. Ich konnte mich nicht konzentrieren. Auch in meinem Manuskript, das ich hier in Berlin begonnen habe, das alle meine Aufzeichnungen über Ines enthielt, kam ich nicht weiter. Erst ein anspruchsvolles Konzert im Radio lenkte mich ein wenig ab.
Ich legte mich hin und konnte lange nicht einschlafen. Das Für und Wider des Gespräches wollte mich nicht zur Ruhe kommen lassen.
Ich träumte von Viktor und erlebte im Traum, wie ich bis zu seiner Entlassung bei ihm blieb.
Um sieben Uhr morgens schreckte mich das Telefon auf. Es war Christian.
Er entschuldigte sich, daß er mich so früh störe, aber er sei bereits

im Aufbruch.

Viktor sei es abends und nachts nicht gut gegangen. Er habe jetzt selbst über seine Schwierigkeiten mit Ines gesprochen und sich dabei sehr erregt.

Die Nachtschwester habe ihm etwas zur Beruhigung gegeben.

„Ich habe ihn massiert und unsere Atemübungen mit ihm gemacht. Da wurde es besser. Als ich mich dann auf die Liege neben ihn legte, sind wir eingeschlafen. Er bedauerte es noch, daß er so kurz angebunden zu Ihnen war, Grit!"

Christian tat es leid, daß er sich nach all den "harten, aber auch sehr lebenswichtigen Tagen" nicht mehr persönlich von mir verabschieden konnte.

„Aber gehen Sie bald zu ihm, Grit. Das Gespräch gestern hat die Erschütterung durch Ines wieder voll aufgerissen. Aber es mußte sein! Sie, Grit, Sie ganz allein werden diese seelische Wunde schließen können. Legen Sie ihm Ihre Hände auf. Sie werden sehen, er wird es überwinden."

Als ich zu Viktor kam, lächelte er mich an: „Ich habe heute Hausarrest bekommen, darf das Bett nur zu den Mahlzeiten verlassen."

Ich berichtete ihm von Christians Telefongespräch.

Er wirkte jetzt ruhig und entspannt.

Als der Chefarzt zur Visite - diesmal allein - kam, meinte er, daß sein Patient noch nicht so belastbar sei, wie er sich das wünsche.

„Ich will Sie nächstes Jahr wieder hier bei den Philharmonikern sehen, lieber Xylander. Besonders nach solch einem Höhepunkt, wie das letzte Konzert einer war. Nur diesen Schluß, den wollen wir nicht mehr erleben. „Aber" - er warf einen wohlwollenden Blick auf mich. „Sie haben ja Hilfen geschickt bekommen: Ihren Freund und hier, Frau Carras! Es gibt wohl kein wertvolleres Geschenk."

Der Arzt empfahl Viktor zu seiner "völligen Genesung", wie er betonte, einen gleich an die Klinik anschließenden Aufenthalt in einem Sanatorium am Genfer See. Er kenne dort den Leiter sehr gut. Erst dann könne er seine gewohnten Tätigkeiten wieder aufnehmen.

Viktor drang darauf, daß ich zum Geburtstag meines Vaters fuhr.

„Jetzt habe ich dich so lange beansprucht, Grit. Nun muß Schluß sein mit meinem Egoismus!"

In den nächsten beiden Tagen machte ich mit ihm ausgedehnte Spaziergänge, auch außerhalb des Klinik-Parkes.
Er gestand mir, daß er sich freute, mich für sich allein zu haben.
Wir hatten Gespräche, die uns einander immer näher brachten. Er interessierte sich für alles, was ich bisher in meinem Leben gemacht habe. Und jetzt, wo alle privaten und beruflichen Sorgen in den Hintergrund traten, wirkte er täglich gelöster.
Ich erfuhr auch von Viktor, daß er Ines' Mutter geliebt hat. Es muß eine leidenschaftliche, aber unerfüllte Liebe gewesen sein. Sie hatte vor, sich von ihrem leichtsinnigen Mann zu trennen. Aber dann hat das Schicksal in einer Bombennacht alles zerstört.
Auf meine Frage nach seinen Eltern und Geschwistern sagte Viktor mir, daß sein Vater aktiver Offizier gewesen und als Oberst in den letzten Kriegsjahren gefallen sei.
Seine Mutter war mit seinem einzigen Bruder nach Kriegsende nach Amerika zu ihrer Schwester ausgewandert.
Er hörte nur zu Geburtstagen oder Weihnachten von ihr. Leider habe er nie eine besondere Beziehung zu ihr und seinem Bruder gehabt.

Christian rief jeden Tag an. Er vergaß nie, mich herzlich grüßen zu lassen. Viktor freute sich besonders darüber, daß dieser "Goldjunge", wie er ihn nannte, auf seiner Vortragsreise so gute Erfolge erzielte.
Abends blieb ich bei ihm, bis die Nachtschwester kam.
„Polizeistunde!" lachte Viktor dann.

Am vorletzten Abend, - er hatte sich schon längere Zeit hingelegt, fragte er mich plötzlich: „Kannst du dich entsinnen, Grit, was ich dir am Abend vor dem Konzert über meine Liebe zu Ines sagte?"
Ich erinnerte mich sofort: „Wer alles gibt, hat auch das Recht, alles zu verlangen".
„Dein Zweifel, daß jemand, der so denkt, wohl kaum geliebt wird, besteht zu Recht," antwortete er. Mir wurde klar, wie sehr er über sich selbst nachgedacht haben mußte, um zu dieser Erkenntnis zu gelan-

gen.

„Ich habe viel falsch gemacht, Grit. Christian hatte Recht, als er mir am Tag vor seiner Abreise ziemlich schonungslos meine Beziehung zu Ines darlegte. Ich war verblendet und dachte, es müsse immer nach meinem Willen gehen."

Ergriffen hörte ich ihn weitersagen:

„Nacht für Nacht hat er mich verfolgt, dieser furchtbare Sturz ins Meer, aus einem Glück heraus, das ich nicht zulassen wollte. Nun aber sehe ich eine Harmonie in ihrem Tod."

Am Tag vor meiner Abreise fand ich in Viktors Zimmer einen Zettel.

„Ich bin in der Kapelle," stand darauf.

Gedankenverloren saß er in der Bank, in der ich so oft verweilt hatte. Still setze ich mich neben ihn.

Er legte einen Arm um mich und nahm meine Hand.

„Ich habe hier wieder gelernt zu beten, Grit. Monatelang konnte ich es nicht mehr. Ohne Ines schien mir mein Leben ohne Sinn, ohne Aufgabe zu sein. Aber jetzt bist du mir geschickt worden. Es gibt wieder Hoffnung, daß das Weiterleben sich lohnt. Ich werde dich sehr vermissen in den nächsten Wochen."

„Du wirst mir auch sehr fehlen," sagte ich leise, „aber du brauchst jetzt Zeit und Abstand von allem, was du in den letzten Monaten durchlitten hast, Viktor. Wenn du aber aus Genf zurück nach Hause fährst, könntest du mich doch in Weggis besuchen. Ich würde mich sehr darüber freuen!"

Statt aller Antwort drückte er nur fest meine Hand, die noch in der seinen lag.

Wir saßen noch eine Weile still unter dem Christus, der uns segnend seine Arme entgegenstreckte.

Als wir unsere Hände voneinander lösten, falteten wir sie zum Gebet. Wir sprachen gemeinsam ein Vaterunser.

Ich bin wieder zu Hause.

Mein Vater hatte mich an seinem Geburtstag voller Freude in seine Arme geschlossen: „Ich war schon eifersüchtig auf Viktor, der alle Bergwanderungen mit meiner Tochter in diesem schönsten Herbst

seit zehn Jahren vereitelt hat." Und er hob meinen Kopf zu sich empor:
„Aber scheinbar waren diese schweren Wochen in Berlin sehr wichtig für dich?" Mein Vater merkte sofort, wie es um mich stand. Er spürte, wie mir bei seiner Frage das Blut vom Herzen bis zur Stirn hinauf strömte. Da kam meine Mutter dazu und legte ihre Arme um uns beide. Eine Geste der Zusammengehörigkeit, die ich immer in der Ehe meiner Eltern bewunderte. "Unsere Grit weiß schon, was sie tut. Da ist mir nicht bang."

Viktor rief mich oft an, „von diesem gut geführten Haus am Genfer See," wie er sich ausdrückte. Das erfreulichste an diesem Aufenthalt seien die weiten Spaziergänge, die er täglich machte, und der Flügel, auf dem er viel musizieren konnte. Er zählte jedoch die Tage bis zur Abreise und dem Besuch bei mir.
Auch Christian rief mich an.
Er war von seiner Studienreise zurück und wollte Viktor besuchen.
Er verriet mir, daß ihm die Reiseleiterin, eine Kunsthistorikerin aus München, sehr gut gefallen habe. Mit ihr und anderen Studienreisenden habe er sich nach Feierabend wahre Redeschlachten geliefert. Sobald wie möglich wollte er sie Viktor und mir vorstellen. Sie war zehn Jahre jünger als er, von sehr warmherzigem Wesen und hieß - Christiane!!
"Freuen sie sich auf Viktor, Grit?" beendete er das Gespräch.
„Ja - sehr!" antwortete ich. Und mir schien, als sei er mit diesen beiden Worten sehr einverstanden.

Ich ging durch mein Haus, in dem ich aufgewachsen war. Mein Vater hatte es gebaut und Albrecht und mir zur Hochzeit geschenkt. Ines hatte es bei ihren Besuchen oft "Schmuckkästchen" genannt.
Der geräumige Wohnraum wurde auch durch den Flügel nicht beengt.
Ein Bechstein, - Albrechts ganzer Stolz, denn er hatte sehr gut gespielt.
Ich habe ihn für Viktor stimmen lassen. Einen Stapel Noten legte ich bereit. Schuberts Impromptus, Chopins Etüden und Balladen, Schu-

manns "aus fremden Ländern", Beethovens Appasionata, -Mondscheinsonate.

Wie würde dieses Haus unter Viktors Händen voller Musik erklingen. Zuletzt hatte Ines hier ihr Tschaikowsky-Konzert für Berlin geübt.

ich legte dicke Buchenscheite in den Kamin, denn ich wollte ihn anzünden, wenn Viktor kam.

Als ich mich auf die breite Couch vor den Kamin setzte, dachte ich daran, wie ich hier Pietros Violinkonzerte spielen ließ und dabei Viktors nächtliche Telefonate überhören wollte.

Niemals hätte ich ahnen können, daß nach Albrecht wieder ein Mann mein ganzes Wesen so tief ergreifen könnte. Vor allem nicht, daß es Viktor sein würde.

Morgen wird er kommen!

Morgen! -- Was soll ich noch tun, damit die Zeit schneller vergeht?

Ich ging in den Garten, der an den See grenzte. Ein Nebelstreif trübte jetzt den Horizont und den Blick auf den Bürgenstock. Es war November.

Leise plätscherten die Wellen ans Ufer, wo der Kahn lag. Zuletzt fuhr ich mit Ines im Sonnenlicht hinaus, bevor wir Viktor in Zürich treffen sollten.

Mir schien, als seien seitdem Jahre vergangen.

Auf dem großen Beet vor dem Haus waren die letzten Rosen noch nicht verblüht. Kein Frost hatte bisher ihrer Schönheit geschadet.

Ich schnitt sie ab und trug einen ganzen Arm voll hinein. Die breiteste Vase, die ich hatte, paßte genau. Ich ordnete sie und stellte diesen malerischen Strauß zu Viktors Empfang auf das große Oval des Wohnzimmertisches.

Als ich mein Gesicht im Duft dieser herbstlichen Fülle vergrub, wußte ich, daß mich ab morgen mein bisheriges Leben in völlig andere, neue Bahnen führen würde.

Herstellung: Books on Demand GmbH

ISBN 3-8311-2563-5